燕园四记

燕园困学

大学气象与士人精神

王曙光 著

北京大学出版社
PEKING UNIVERSITY PRESS

图书在版编目（CIP）数据

燕园困学：大学气象与士人精神 / 王曙光著. —北京：北京大学出版社，2017.3
（燕园四记）
ISBN 978-7-301-27806-2

Ⅰ.①燕… Ⅱ.①王… Ⅲ.①北京大学 – 高等教育 – 文集 Ⅳ.①G64-53

中国版本图书馆CIP数据核字(2016)第290241号

书　　名	燕园困学：大学气象与士人精神
	Yanyuan Kunxue
著作责任者	王曙光 著
责任编辑	于铁红 周彬
标准书号	ISBN 978-7-301-27806-2
出版发行	北京大学出版社
地　　址	北京市海淀区成府路205号 100871
网　　址	http://www.pup.cn　新浪微博：@北京大学出版社 @培文图书
电子信箱	pkupw@qq.com
电　　话	邮购部 62752015　发行部 62750672　编辑部 62750883
印 刷 者	三河市国新印装有限公司
经 销 者	新华书店
	787毫米×1092毫米　32开本　9.125印张　158千字
	2017年3月第1版　2017年3月第1次印刷
定　　价	48.00元

未经许可，不得以任何方式复制或抄袭本书之部分或全部内容。
版权所有，侵权必究
举报电话：010-62752024　电子信箱：fd@pup.pku.edu.cn
图书如有印装质量问题，请与出版部联系，电话：010-62756370

小 引

混迹燕园,忝列师林,于学术研究之暇,总不由自主想些与大学、与教育、与学问沾点边儿的虚无缥缈的形而上话题。何为大学之使命?何为士人之精神?何为师道之精髓?何为学问之至境?思考这些问题,虽说大而无当、不着边际,却也不宜全然以"不务正业"视之。从某种意义而言,思考这些带有终极意义的问题,可能恰恰是学人分内之事。"学然后知不足,教然后知困。"于是困而学之,困而思之,愈学愈思愈增困惑。然而孟子所谓好为人师之患,仍是我辈挥之不去之劣根性与职业病。转念又想,既据此北大教席,总须呼唤点什么、传递点什么、担负点什么、梦想点什么,才不至于尸位素餐吧?遂奋起愚勇,将多年来"困而学之"而写就的七七八八恭呈诸君,希诸君有以教我。

东莱舒旷

乙未年秋日于善渊堂

目 录

大学气象：北大性格素描 / 001

为了成长着的心灵 / 013

  ——我与《北京大学校刊》

暌违十载梦依稀 / 022

  ——毕业十周年感怀

北大野史说风流 / 030

  ——夜读《北大往事》

教然后知困 / 037

  ——燕园教学随感

师道小感 / 046

燕园"老生"寄语"新鲜人" / 050

燕园迎新感怀 / 055

新生：崭新的生命 / 060

北大校歌小识 / 067

博学、审问、慎思、明辨 / 071
　　——毕业典礼致辞之一

人格·人文·人际 / 076
　　——毕业典礼致辞之二

坚守与淡泊 / 083
　　——论北大经院的精神传统

格局与担当 / 089
　　——贺北大青年经济学会十五周年

为生命进行庄严而静默的奠基 / 093
　　——母校莱州一中百年校庆感怀

经济学家的使命 / 097

幸福的经济学 / 103

经济学的反思与回归 / 125

论学者、科学精神与人文关怀 / 149

以研究为生 / 165

与北大学生谈四种能力的培养 / 174

过一种独特、丰富、均衡、内在与超越的生命 / 181

  ——在北京大学经济学院研究生班上的谈话

论儒家成人之道 / 194

论大学教育的理性与人本主义 / 229

  ——对教育部"大学本科教育评估方案"的评估意见

孔子的教育思想与教学艺术（四篇）/ 258

大学气象：北大性格素描[1]

北大作为中国历史最悠久的现代意义上的高等学府，她的身上便不能不带着历史的深深印记，她既是历史的继承者、传递者，同时也是再造者、更新者。北大可以说是中国最有性格、最富特色的大学之一，也是罕有的敢于宣扬这种性格和保有这种特色的大学之一。北大的性格和特色，与其说是象牙塔中的独特现象，不如说是满足了中

---

[1] 本文原题《悠悠百年彪史册，巍巍上庠育英才》，发表于1998年5月《北京大学百年校庆特刊》，收入本书时有删节。

国人的一种普遍的精神渴求；它不仅作为一所大学的象征而存在、而延续，它更是时代意识的折射，民族文化的血脉所系。

北大确实是散发着独特气味的一块土地。独特并不意味着一种优越，一种自以为是；独特只是代表一种与众不同，一种卓然不群的特色。北大是将其个性发挥得淋漓尽致登峰造极的一个学府，不保留，不含蓄，不做作，不乡愿。

坚守学术阵地，鼎立学术民主，以宽容坦荡的精神整合时代思潮的多元主义存在，以自由民主的心态融合中西文化的菁华，于精辨慎思中取舍，在博取广收中扬弃，这是北大精神的最好的写照。

——作者题记

1898年，康梁志士拯民于水火的万丈豪情灰飞烟灭，却为中国文化与中国历史保留了一支血脉，一支具有巨大活力并注定在以后的历史上镌下深刻印痕的血脉。它同时又是一面极具诱惑力与感召力的旗帜，许多的激情在这里汇集，许多的思想在这里萌动、砥砺、撞击、争搏，各色的俊才人杰罗列在她的麾下,使20世纪初的北大几乎成为中国新的民族文化和民族命运的滥觞。

这座学府,曾以其博大的胸怀和高远的眼光,最先接纳了当时被视为洪水猛兽的各种先进思潮,星星之火,遂成燎原之势,为中华民族历史命运的转折培育了深厚根基;作为中国新文化运动和五四运动的发源地,她又以民族觉醒的姿态,除旧布新,激浊扬清,成为中华民族文化复兴强劲而辉煌的前奏。

逝者如斯夫!肩负着伟大而沉重的历史使命的北京大学,在一个世纪波澜壮阔同时又坎坷曲折的岁月里,以其大气磅礴、酣畅淋漓的手笔,描绘了一幅俊采星驰、豪杰辈出的群英图。北京大学为我们这个民族贡献了多少忧世济时、壮怀激烈的革命志士,多少贯通中西、学识渊博的硕儒大师,多少开一代风气、振臂一呼四方影从的领袖人物,多少在科学领域造诣精深、堪称翘楚的英才,恐怕是一个难以统计的数字。如果说北京大学是一个巨大的舞台,那么她肯定是中国历史上最为精彩、热烈、生动而又名士俊杰辈出的舞台。

"得天下英才而教育之",是这座百年学府引以为自豪的崇高使命。在前一个百年里,北大以其英才辈出名流荟萃的骄人业绩在中国教育史上留下了不朽的篇章;而在世纪之交的今天,面对21世纪清晰可闻的强劲足音,从历史烟尘中昂然走过的北大,又将迎接下一个百年更为光荣与艰巨的使命。

一、艰难的诞生:呼唤人才济时艰

虽说"殷忧启圣,多难兴邦",可是像北京大学这样经历百年沧桑忧患、披阅一个世纪风云变动的学校,在中国恐怕是独一无二。北大诞生在中华民族危急之秋这一事实,使得北大人自然而然产生一种恢宏悠远的历史感,仿佛历史的烟尘在岁月的嬗变中累积、传递,最终与我们每个学子的灵魂相维系;而北大作为戊戌维新百日新政中唯一幸存的"硕果",使得她由此获得某种寄意深远的象征,一个世纪轮转、民族苏生与文化复兴的象征。北大成为整个民族意志与民族希望的寄托。

19世纪末,当堂堂中华面临瓜分豆剖、蚕食鲸吞的民族危亡时刻,无数志士仁人经过反复探索推求,似乎达成了一致的共识:人才之兴,乃转变时运的关键。薛福成在

《出使四国日记》中提到雄霸欧洲的德意志："近数十年来，学校之盛，以德国尤著，而诸大国亦无不竞爽。德国之兵多出于学校，所以战无不胜。推之于士农工贾，何独不然？夫观大局之兴废盛衰，必究其所以致此之本原。学校之盛有如今日，此西洋诸国所以勃兴之本原欤？"（光绪十七年正月初三日）。胡燏棻则提到明治维新后迅猛勃兴的近邦日本："日本自维新以来，不过一二十年，而国富民强，为泰西所推服，是广兴学校，力行西法之明验。今日中国关键，全系于此。人才为国家根本，盛衰之机，互相倚伏，正不得谓功效之迂远也。"（《变法自强疏》，光绪二十一年闰五月）"我劝天公重抖擞，不拘一格降人才"的呼声，在民愚国弱的时代，尤其显得焦灼而迫切。

然而，"智恶于开，开于学；学恶于立，立于教"，兴学才能育人，成为顺理成章之议。于是1897年狄考文上书疾呼，吁请建立为"群学总汇之区""通国总会之所"的总学堂，即京师大学堂。他在奏议中说："一国犹一身也，脑筋主理五官百体，学堂启发通国智慧。学堂分布通国，如脑筋之分布全身。总学堂设立于京都，如脑筋结居于头壳之内。全身脑筋听命于头壳内之总结，则全国学堂，自必受管摄于京都之总学堂。……士等窃谓国于天地，必有与立,所倚以立国者,人才也,而人才必有学堂中出。……方今敌国外患,纷至沓来,不有群才,奚能挽救,嫠忧周陨,为将及焉。持危扶颠,正在今日"(《上译署拟请创设总学堂议》,光绪二十三年)。1898年(光绪二十四年),光绪帝颁布《明定国是诏》,宣布筹建京师大学堂,"以期人才辈出,共济时艰"。

京师大学堂不是创立于歌舞升平而是国难日殷民族存亡之秋这一历史背景,为北京大学的百年史奠定了一个庄严、沉重、忧患的基调,也成为北京大学全部校格与校风的源泉。可以说,在北京大学的身上,镌刻着时代的痕迹,背负着民族的命运,这话并不为过。

二、"北大是常为新的":北大性格素描之一

培育人才是大学的天然使命,而人才的养成不是一蹴而就的事情,如同栋梁的诞生成长需要肥沃的泥土一样,人才的养成也需要一种适宜的环境:一种由历史积淀所陶冶出来的学校性格,一种由校园生活中的众多因素烘托出来的文化氛围,它们共同形成一种"气候",接纳人才、吸

引人才、呵护人才、锤炼人才，最终成就人才。北大作为中国历史最悠久的最高学府，她的身上便不能不带着历史深深的印记，她既是历史的继承者、传递者，同时也是再造者、更新者。北大可以说是中国最有性格、最富特色的大学之一，也是罕有的几所敢于宣扬这种性格、保有这种特色的大学之一。北大的性格和特色，与其说是象牙塔中的独特现象，不如说是满足了中国人的一种普遍的精神渴求；它不仅作为一所大学的象征而存在、而延续，它更是时代意识的折射，民族文化的血脉所系。

北大确实是散发着独特气味的一块土地。独特并不意味着一种优越，一种自以为是；独特只是代表一种与众不同，一种卓然不群的特色。北大是将其个性发挥得淋漓尽致登峰造极的一个学府，不保留，不含蓄，不做作，不乡愿。北大的一位副校长曾说："一个人要是没有一点个性，棱角磨光，大概是难以有所作为的；一个人若是把个性发挥得淋漓尽致，大概也成不了大事。北大的驾驭者好像在走钢索，要制御平衡，既使北大保持自己的特色，又不致使这特色过于膨胀。这样北大才能顶天立地，勇往直前。"

要给北大性格做一个素描是一件极其困难的事，它是一种不易描摹但却鲜明生动的气氛。北大人常被讥为"老大",奇怪的是在1920年代即有人以此讥剌北大,而北大当时不过是一个婴儿。鲁迅却反其道而行之,他的一句"北大是常为新的,改进的运动的先锋",一扫北大"老大"形象,而还之以奋发创新的本来面目。京师大学堂的创建本身就是对中国传统教育体制的否定,1912年就任北大第一任校长的严复,更是彻底取消经学科,在文科中注入"平等自由民权诸主义",奠定了北大近一个世纪的发展架构。严复是中国知识分子中最早向西方寻求真理的代表人物之一,因而永载中国开放思想史的首页。他的"鼓民力,开民智,新民德"等激进言论被当局视为洪水猛兽。1916年,48岁意气风发的前清翰林蔡元培执掌校务。他力排众议,果敢任命37岁的革新派人物陈独秀为文科学长,于是以蔡陈为核心,胡适、钱玄同、周作人、刘半农、李大钊、鲁迅等一大批年轻有为、思想激进的革新人物齐集北大,一个新文化运动的强大阵营初步形成。据1918年统计,全校教授平均年龄只有30多岁,那真是一个令人神往的年轻进取、意气昂扬的时代! 1918年10月,29岁的李大钊在北大为庆祝一战胜利而举办的大会上发表了《庶民的胜利》的著名演讲。这个亢慕义斋主人成为中国传播马克思主义第一人;而此时青年毛泽东正是一名管理着十五种外文报刊的图书馆助理馆员，和蔡和森等8人挤在一张大炕上过着清苦的生活。然而就是在北大这样一种大胆求新的精神氛围中，如饥似渴的青年们汲取着世界上最新的思想成果，互相砥砺激发，成为五四运动乃至中国现代革命的中坚。北大没有忘记自己"常为新"的使命，在百年历史长河中，北大为中国的现代化进程作出了举世瞩目的不可磨灭的贡献。不保守，不封闭，不自满，永远向新的生命奋进，永远向旧的习俗挑战，这是北大最为可贵的校格。

三、兼容并包，境界阔大：北大性格素描之二

学术的成长，思想的进步，离不开宽松的学术环境和宽容博大的学术精神。《中庸》云："万物并育而不相害，道并行而不相悖，小德川流，大德敦化，此天地所以为大也。"蔡元培先生"循思想自由原则，取兼容并包主义""囊括大典、网罗百家"的办学思想，对北大学术氛围的形成和学术精神的造就具有极其深远的影响。蔡先生一贯主张"无论何种学派，苟其言之成理，持之有故，尚不达自然淘汰之运命者，虽彼此相反，而悉听其自由发展"。但是在这里

应该指出的是，蔡先生的兼收并蓄并非无原则的收罗，而是意在营造一种真正严肃的学术风气。诸种学派争鸣砥砺，焕发思想朝气，荡涤因循苟且守旧之俗。北大遂成为各派人物竞技争胜交相辉映的大舞台：刘师培秉承家学，汉学知识渊博，就请他来讲授中古文学史；辜鸿铭虽鼓吹帝制，政治保守，但其英文拉丁文俱臻上乘，名震中外，就毅然聘以教席；担任"经学通论"课的今文派崔适与古文派陈汉章两位教师大唱反调，但却言之成理，则听其互相攻击诘难。在文学训诂方面，既请章炳麟派的朱希祖、马裕藻，也请其他学派如马叙伦等；诗词讲授上，主唐诗的沈尹默、尚宋诗的黄节与宗汉魏的黄侃同时并讲；政法学科方面，英美法系的王宠惠与大陆法系的张耀曾同列教席，两不妨碍，相得益彰。据原民革中央主席王昆仑先生回忆："教文学的有两位老师，一位是新派钱玄同，一位是老派黄侃。我选的是钱玄同的课。一天我正在听钱先生讲课，不料对面教室里正在讲课的黄侃大声骂起钱玄同来了，钱听了也不在乎，照样讲课。后来，我就听听钱玄同的课，也听听黄侃的课，以便两相对照。"这段精彩的回忆是北大兼容并包、宽容博大的校格的最好写照。对于那个时代，对于北大学术民主的传统，我们怀着深深的向往和缅怀之情。坚守学术阵地，鼎立学术民主，以宽容坦荡的精神整合时代思潮的多元主义存在，以自由民主的心态融合中西文化的菁华，于精辨慎思中取舍，在博取广收中扬弃，这就是北大学术民主的精神。

不因循守旧、永远求新创造的校格，兼容并包、宽容博大的学术精神，是构成北大性格的两块最牢固的基石，也是全部北大文化的出发点。求新创造铸就了北大的青春面貌和不老的心态，而兼容并包的精神则构成今日北大文化中多元存在的缤纷风景，它们同是构成北大肥沃土壤的最重要的元素，呵护着栋梁的茁壮成长。

在历史的长河中，百年只是一瞬。携历史风云，历百年沧桑，在这一个世纪中间，北大一直秉承着"爱国为民、闳放求真、民主科学、改革进步"的优秀校格，以育才为己任，在中国近现代史上镌下了深刻的印记，书写了光辉的一页。"得天下英才而教育之"，悠悠百年，北大吸引了多少少年才俊，造就了多少名流大家，她多少次发出时代的强音，代表整个时代说话！北大是近现代中国教育史与文化史的一个缩影，她是当之无愧的中国名校之花。

但我们必须清醒地认识到，我们现在正踏在21世纪的门槛上，新世纪突飞猛进的现实对中国教育、对北京大学提出了更为严峻的挑战,人才之争,将是 21 世纪的焦点。北大人不能只将眼光投在过去的辉煌上,沉湎于历史的荣光;北大人更应放眼未来,意识到下一个世纪的艰巨使命。

在大约一个世纪前,梁启超先生以清新激扬之笔写下《少年中国说》:"故今日之责任,不在他人,而全在我少年。少年智则国智,少年富则国富,少年强则国强,少年独立则国独立,少年自由则国自由,少年进步则国进步,少年胜于欧洲则国胜于欧洲,少年雄于地球,则国雄于地球。"季羡林先生曾说,与一些世界名校相比,百年北大只是一个少年。北大应是朝气蓬勃而不是暮气沉沉,容光焕发而不是老气横秋,开拓创造而不是保守封闭。

瞩目燕园,满园春色,满园弦歌,满园希望;放眼时代,一代英才,一代俊杰,一代风流。又一个万物萌动生机无限的春天,多少北大学子再聚燕园,怀着浓浓的北大情结,为亲爱的母校百年华诞而深深祝福。

为了成长着的心灵

——我与《北京大学校刊》[1]

我坐在未名湖南岸的山丘上。临湖轩周围的竹子很浓密,初秋的时候,薄而亮的阳光透过白皮松和桧柏,铺在淡绿的草地上。灰喜鹊在树上聒噪,身上长着斑纹的小松鼠从石凳边一跃而过。湖边有少年在吹笛子。我想起12年前的秋天,也是在这片竹林里,我做着每一个少年都会陶醉其中的青春之梦,患着每一个成长着的心灵都必然遭遇

---

[1] 此文是为纪念《北京大学校刊》复刊50周年而作。

的青春病症。过了 12 年了。

像无数身背行囊告别故乡的少年一样，我从这片郁郁葱葱的园子里踏上了心灵的旅途。这个园子实在是个奇迹，她竟然可以同时包容那么多迷茫、狂躁而真纯的心灵，让这些心灵依着它们自己的韵律自由地成长，自由地壮大。在这十几年间，我很幸运，能够亲近燕园里许多高贵的心灵，感受这些高贵心灵深处所透露出的伟大的人格。而北大校刊，我一直把她当作我在这条道路上的亲切的引领者，温暖的呵护者。

不是每个人都有这样的际遇。说起来，我恐怕是北大校刊颇为独特的成员，我从未成为校刊正式的学生记者团的一员，可是十几年来，我与校刊却建立了另一种更为亲切的关系。我还记得我第一次踏进未名湖北岸均斋与备斋间的校刊编辑部的情景。那时候我是满脸生涩表情的"新鲜人"，听黎明老师与诸学长在那里吞云吐雾慢条斯理地神侃 77、78 级的种种逸事，每每令我"心向往之"。黎明先生笔名铁夫，听其名，雄武刚勇之至，可是先生偏又生就一副江南才子弱不禁风的身板，让我每次想到"铁夫"这两个字就觉得有种幽默意味。黎明先生身上散发着很多"老北大"挥之不去的习气，喜清谈，颔下一度曾蓄须，超然有名士风范；其言谈极具特色，说到兴致高处，往往将后半句话吞回去，兀自抿嘴而笑，让你觉得余味深长，恨不得替他把后半句补上。黎明先生凌乱的小屋时有高人在此不知疲倦地高谈阔论，我在烟雾缭绕之间被"熏陶"有年，自觉获益甚多。当年意气风发激扬文字的老友们，现在恐怕都已过"而立"直奔"不惑"了，你们还记得这些激情燃烧的光辉岁月吗？

我的最初几篇习作，是黎明老师推荐发表的。记得其中有访季羡林先生的《静静的未名湖》、纪念陆卓明先生的《永远的心曲》、访问老诗人林庚先生的《盛唐气象，少年精神》以及为陈岱孙先生95岁寿辰而作的《崧高维岳，骏极于天》。1993年，我参与了校刊编辑出版的《五人丛书》的写作。"五人"者，"春雨力耕人""金风折桂人""学岭踏青人""归识岁寒人""忘辛灌园人"也。编者序言实在是一篇令人拍案称绝的美文字："呕心育才者，春雨力耕，润物无声。学岭踏青者，博学先达，采撷盈掬。另有一行折桂手，或握灵蛇之珠，或抱荆山之玉，雄姿英发，相映益彰。子曰：岁寒然后知松柏之后凋也。以此比拟追求真理、坚持操守而不渝者，自是分外贴切。最是那些蓼虫忘辛的灌园人，匆匆又匆匆的背影，令人感念不止。"这样沉静清雅的文字，现在恐怕不容易读到了。我在其中发表了访考古学家邹衡先生的《推翻历史三千载》、访中国经济思想史家赵靖先生的《秋天的诗章》等。直到现在，我仍然觉得，这五本朴素的小册子是校刊曾经编辑的最好的出版物之一。也就是从《五人丛书》开始，我迷恋于心灵的追问，迷恋于与那些寂寞而高贵的心灵零距离的对话。

　　我始终着迷于内心世界的探寻。那些曾经迷惑和质疑着的心灵，是经由怎样的卓绝和孤独的征战，才达到一种澄净、开阔、坚定、从容的境界的，这个神秘的心灵成长的路程，许多年以来一直是我试图探索和了解的秘密之一。这来源于我如下的观念：与苏格拉底的"未经反省的人生是没有价值的人生"的信念相类似的，我认为，一个人假如没有在生命的流逝中感受到自我心灵的成长，这种生命也是没有价值的。我有幸接触北大许多卓越的学者，他们吸引我的，与其说是崇高的学术成就和渊博学识，不如说是他们的心灵成长史。与这些心灵的对话，是我在读书求学期间最值得珍视的经历。自然，没有校刊给予我的引导，我就没有可能走上这条道路。感谢我们"校刊之家"的慈爱的大家长魏国英老师，她能够容忍我在校刊做一个身份独特的"自由骑士"。我从她那里得到的毫不吝惜的赞赏和温暖的鼓励,一直是支撑我可怜的自信的重要支柱。她从来没有以"家长"的权威命令我做任何琐碎的工作,而容忍我按照自己的兴趣做我喜欢的事情,这种令人不可思议的默契,以及她给予我的近于"纵容"的宽容,是校刊长久吸引我的魅力源泉之一。

百年校庆的时候,我受校刊之邀写了近2万字的长文《悠悠百年彪史册,巍巍上庠育英才》,发表在《北京大学百年校庆特刊》上,以表达我对北大精神的理解。我参加了校庆纪念文集《岁月如歌》的创作,发表了访钱理群先生的《星斗其文,赤子其人》、访温儒敏先生的《生命忧患与反抗绝望》、访赵园先生的《诗情与冷眼》以及访吴福辉先生的《戴上枷锁的笑》。他们都是中文系已故大师王瑶先生门前桃李,虽系出同门而性情迥异:钱理群的激情放旷,温儒敏的儒雅平和,赵园的冷峻通脱,吴福辉的率真爽直,都每每引人入胜,与他们一夕长谈,就像在翻阅一部《世说新语》,他们身上洋溢的"魏晋风度"实在使人心如澡雪。记得我当时抱着一个大西瓜拜访钱先生(大家私下都叫他老钱),老钱一开门,我大吃一惊,感觉他的头竟与我手里的大西瓜相仿。我敢肯定这是北大体积最大的脑袋之一。老钱身材粗短,头颅硕大罕有匹敌,先知一样智慧的秃顶;

听他嬉笑怒骂，呵佛骂祖，看他陷在沙发里手舞足蹈，旁若无人，没有谁能在他奔涌的激情面前无动于衷。他就是用这激情温暖、感动和指引着他的同道者和仰慕者。

百年校庆使我感到北大人对北大的爱，那是一种深入骨髓的深沉的爱，是一种不用矫饰的发自内心的爱。北大校刊的老师和同人通宵达旦地工作。我还记得与达敏老师的慷慨激昂的彻夜长谈，从他那里了解那些我已经陌生的北大往事。我也因采访的关系结识许多"老北大"，他们千里迢迢地赶回燕园，就像一个流浪多年的游子，想急切回到母亲的怀抱。5月3日晚上，未名湖边灯火通明，我和几个校刊记者在激情洋溢的热烈的人流中穿梭，与来自五湖四海的学友们交谈。北大，是这么多曾经年轻的心灵的出发之地，是他们的青春灵魂的栖息之所。我在湖边遇到张蔓菱女士和李书磊先生。蔓菱女士不愧是"北大才女"，听她激昂而富有诗意的言辞，不由你不同她一同激动。她说，她刚从昆明乘夜班飞机赶回北大，登机前，她在昆明买了一束盛开的红玫瑰，踏进北大的第一件事，就是把这束盛开的红玫瑰抛在未名湖里。她掩饰不住她内心的激动，挥着手说："未名湖埋藏了我全部的青春岁月！"这个1980年代初曾经以小说《有一个美丽的地方》(后改编为电影《青春祭》)蜚声文坛的特立独行的女作家,她在北大的岁月其实是相当辉煌壮丽的。那个年代,实在是一个值得怀念的激情澎湃的年代!

百年校庆是我作为学生为北大校刊服务的最后一次,却不是我与校刊最后一次"亲密接触"。千禧年的春季,在维平老师的鼓励之下,我为校刊开设了随笔专栏《燕园拾尘录》。据我知道的,在校刊的历史上,开设专栏的除前副校长王义遒先生之外,尚无第二人。维平老师在我眼里永远是宽厚的兄长,他的性格是如此温厚笃实,以至于我与他初次见面之时就觉得如同莫逆故交。许多次交谈至今想来还倍感温热。我在《燕园拾尘录》专栏中发表了系列随笔,其中《寂寞而勇敢地担当生命》《千代野的木桶——论丧失与解悟》《自省与感知:创造内心的秩序》《生存的从容与悲剧性陶醉》等篇什,据说在年轻的学友中引起了一些令人感到鼓舞的反响。我才知道,对于那些成长着的迷茫而敏感的心灵而言,及时的沟通与抚慰是何等重要。在《燕园拾尘录》的开篇语里,我写道:

  重新梳理这些陈年旧文,不是为了怀旧,不是关于个人身世的低吟浅唱,而是为了献给那些与我有着同样精神和情感历程的心灵,鼓舞和慰藉那些以同样郑重、诚挚、真纯的灵魂面对生命的更为年轻的一代。尘世是唯一的天堂,我们源于尘土,仍将归于尘土,我们充满尊严和爱,在这尘世中栖居,咏唱并惊诧于来自生命深处的明澈而丰满的诗意,生存的骄傲、幸福和充盈,以及命运本身所蕴含的神秘而庄穆的节奏。

也是在维平老师的鼓励之下,2001年我出版了第一本随笔集《燕园拾尘——北大十年的成长感悟》,其中包括《燕园拾尘录》专栏中的篇什,也包括我在校刊服务期间所写的访谈录和随笔。这本小册子是一部心灵史。逝者如斯,不舍昼夜,我的青春时代就这样过去了,可是她所镌刻下的一个心灵成长和征战的痕迹,是永远值得感念的。

留校任教后的这几年,我虽然由于工作的缘故减少了去校刊的次数,但我仍旧关注着校刊,时不时地,我还是忍不住去校刊转悠一圈,坐下来与老师和老友们聊聊天,那里的氛围对于我而言永远是温暖和宽容的。每当我把自己的新著拿到校刊老师们面前的时候,仍然会像十几年前那个表情青涩的"新鲜人",盼望从他们温存而和悦的笑容里"索取"他们从不吝惜的鼓励和赞赏。

我相信，有无数年轻的心灵曾经从这里，也会有无数年轻的心灵将要从这里获得这种宝贵的呵护与指引。北大校刊的精神与宗旨永远是——为了成长着的心灵。

2003年9月14日

暌违十载梦依稀
——毕业十周年感怀

一

暮春三月,西湖边草长莺飞。我和老友坐在湖边的青藤茶舍喝茶谈天。屈指算来,毕业倏忽已有十年了。十年前,我们还是一群不谙世事的少年,一身的书生意气,满心的憧憬豪情,全然不去忧虑未来的事。十年后,早过而立之年的我们已经略窥尘世滋味,大家的脸上,写着各自的阅历和沧桑。那些青葱岁月,什么时候成为怀旧和感喟的源头?那些在湖光塔影间呼吸奔走的自由浪漫的青春心灵,什么时候开始担负了命运的重担,不再像往日那样轻盈明澈、光彩焕发?那个夜里,我们不厌其烦地聊着燕园旧事，谈着我们所熟悉的那些风格各异、个性鲜明的老师和同窗，时而开怀大笑，时而沉默无语，时而伤感叹息。那些记忆，虽然深藏在心灵深处，但一经撩拨，便瞬间生动鲜活无比。

坐在西湖边，谈的却是未名湖边的旧事。那毕竟是每个人最美好、最值得珍爱的岁月，我们怎么舍得淡忘呢？朋友说，每个暑假从家乡回到燕园，夜里背了行囊，进得南校门，校园静寂无人，两边是茂密参天的白杨树，不知道为什么，一种回"家"的亲切感就油然而生。北大，难道不是这些青春灵魂栖居的更真实的精神家园吗？

二

1995年初夏，凤凰花开的时节，分手在即，同学聚会猛然间多了起来。我们曾在西苑杜甫草堂喝酒，回来的路上，大家一路歌啸，放浪形骸，仿佛在宣泄着对于时光流逝的无奈之感。记得在南门老虎洞胡同朝鲜餐馆，我们彻夜弹琴唱歌，从童年时代清纯的《让我们荡起双桨》唱到罗大佑感伤的《光阴的故事》，从代表着一个时代的《少年先锋队队歌》唱到黑豹乐队的《无地自容》,好像把所有我们这个年龄会唱的歌都唱过了。黎明时分,我们在静园果园的青石板上闲坐,那时候静园里种着很多苹果树、樱桃树和杏树。我们偷摘了一捧青苹果和青杏。现在想起来,那个年龄的我们,可不就是一捧幼稚青涩的青苹果吗?在《燕园拾尘》的自序里,我曾经提到过这个黎明:"我一直不能忘记那个早晨。那个散发着淡淡的少年的忧伤、青春成长的迷茫和陶醉气味的早晨。"

毕业前最后一次聚会的时候,我在夜里涂了一首诗,赠给我几个亲密的学友:

  凤凰花开六月天,佳人锦瑟思华年。犹梦翼然亭中雨,湖心岛上桃正酣。

  遥想当年女儿节,逸兴遄飞谈笑间。桂棹兰桨溯流光,幽怀难忘玉渊潭。

  人世少逢开口笑,逝者如斯叹云烟。此身飘忽百年内,鸿爪零落各天边。

  丈夫猛志固常在,沉舟侧畔过千帆。扶摇鲲鹏九万里,敢教燕雀等闲看。

  此夜尽觞趁明月,来日聚首料应难。骊歌未

竟东方白，我返自崖君去焉。

诗里提到我们在赛克勒博物馆东边山丘上的翼然亭里举行晚会，在春花烂漫的湖心岛上英语口语课，在玉渊潭春游划船，诸般情景，历历宛在眼前。黄永玉先生有一本书，名为《这些幸福的忧郁的碎屑》，想起读大学期间这些"幸福的忧郁的碎屑"，心里面又是温暖，又是惆怅，不知道该说什么才好！

这里要对"女儿节"这个典故多解释几句。我们有两个肥硕可爱的外教，在一个春天他们突发奇想，要我们男生为女生庆祝"女儿节"，借此讨好那些从来就把我们男生看作"歪瓜劣枣"从而不屑一顾的骄傲的女生们。我们先是各自抓阄，找到自己的"讨好对象"（我们班男生17人，女生12人，因此那些没有机会的倒霉男生只好负责烧菜和服务），然后自己持请束和鲜花到女生所住的36楼闺房亲自发出邀请。到"女儿节"那天，男生皆西装革履，列队至36楼前，等待女生下绣楼。那天所有女生都是长裙曳地，丰采焕然，令所有过路男生侧目注视。接着男生和女生手挽手，来到36楼南的平房内，女生桌前均有写着芳名的牌子，按位就座；女生一边品尝佳肴，一边欣赏男生表演的搞笑节目,享尽公主小姐待遇。可怜的男生们,在送走了这些骄傲的公主之后,才能围着满桌剩菜狼吞虎咽!我记得,当我们从36楼前挽手列队经过的时候,好多窗户都打开了,那些探出头来张望的女生肯定羡慕得要死,而我们班的女生,则实实在在地过了一把"公主瘾"。

"扶摇鲲鹏九万里,敢教燕雀等闲看。"那个年龄的豪情气概,由十年之后的眼光看来未免幼稚,可是哪个少年没有这样的狂想与激情呢?

三

校庆前后,同学从天南海北,急切地赶回母校,就像儿女们回到阔别多年的家乡,簇拥在母亲的膝下享受天伦。十年了,这个家没有变化,未名湖还是闪烁着一样的清澈的波光,临湖轩前的紫荆和丁香树依旧散发着幽香,依旧有正当青春的少年在这个诗意的校园做梦徜徉。然而,十年暌违,当年的花季少年,早已过而立之年,在校园里散步闲谈,免不了唏嘘。水木亭阁之间,到处缠绕着怀恋的丝缕,在湖心岛的石舫上,在鸣鹤园的小桥边,在朗润园的木亭，每一处都有我们共同的故事。身边，还有那么多年逾花甲的老校友，三三两两在校园里闲逛，那种缅怀的幸福的神情，让人不由得生出深深的感动。

有一次新年晚会，我们宿舍六个男生竟然贡献了一个歌伴舞节目，现在想来，兄弟几个的舞姿肯定是相当"恐怖"的，我不得不赞叹自己当时的勇气。舞是如何跳的，全然忘记了，但我却永远记得那个歌曲的忧伤的旋律，记得歌里最后的几句歌词：

回头，有一群朴素的少年，轻轻松松地走远，不知道哪一天，才相见……

现在，这些朴素的少年，走了十年的长路，阅历了十年的歌与哭，又回到这个永久收藏着他们青春岁月的地方。燕园，只有燕园，可以将时光凝固，可以让我们暂时忘怀了尘世的喧嚣，享受那个永远的青春梦境。

四

我留校的第一年，大约也是在 6 月的时候，我到开水房去打水。路过 28 楼，我突然站住了。二楼上垂下来一面白床单,床单上用鲜红的油漆写着八个歪歪扭扭的大字:"我爱北大,我失我爱!"看着这八个字,我的眼泪忍不住了。我也在这楼里生活了四年。虽然我仍旧身在燕园,但跟所有的毕业生一样,我也永远地告别了那个青春年代,告别了我们记忆中属于那个年代的北大。

记得有一年几个同窗庆祝"集体生日",我曾写了这样的对联:

> 同窗如同胞,幸同在燕园,且喜良宵欢度堪共醉;
> 此时即此生,问此间心境,惟愿韶光长驻不须归。

共同生活在燕园,确实是幸运的;可是,"韶光长驻不须归",却只是梦境而已。然而我们还是要感谢,感谢培育我们的母校,感谢那些兢兢业业教诲过我们的先生们,感谢我们曾经共同拥有的燕园好时光。文章要煞尾了,想起吴梅先生在北大20周年校庆时写的《北京大学校歌》,兹摘取后半阙,献给还在燕园读书的学弟学妹们:

珍重读书身,莫白了青青双鬓,男儿自有真。谁不是良时豪俊?待培养出,文章气节少年人。

2005年5月中于中关园

北大野史说风流

——夜读《北大往事》

……于是也有酒场上的低吟浅唱,大草坪上的声嘶力竭与吉他悠扬,离别宴会上的狂欢与迷醉,新年之夜的亢奋嘹亮的钟声;更有阁楼里流泪吟诵的长发诗人,有未名湖上不灭的爱情烛火,有青春欲望的颠倒狂迷,有洞穿时空的哲学追索;既有花前月下的誓词作家,也有蹈湖自尽的殉道英雄;既有埋首穷经的饱学通儒,也有放旷逍遥的青春恶少。北大以其博大的母亲的胸怀包容了这些孤独、狂躁、激情、诗意的灵魂,让他们以自己的阅历与智慧去选择生活,选择命运,而她相信,所有年轻的必将成长,所有幼稚的必将成熟,所有迷醉的必将苏醒,所有狂乱的必将得到抚慰。

——作者题记

大校有大校的难处与苦衷。因其大,便自然"树大招风",免不了被人议论;圈外人不免有窥视与品评的欲望,而圈内人也不免有炫示与表演的冲动。窥视与品评既可以冷眼旁观,也可以热心赞誉;既可以鞭挞嘲讽,也可以恭维崇拜,总之尚可超然洒脱;而圈内人的炫示与表演便相对显得沉重,出于维护母校声誉与名望的考虑,也出于一种先天而生的自我保护倾向,圈内人往往摆出正襟危坐的样子来,郑重推出光荣传统与历史渊源来"吓服"人。北大是无须靠"面子"来维护的,因而也就无须抬出冠冕堂皇的理由来替她润饰或者争辩。在北大迎来她的百年大庆之际,我们终于可以听到这样一种真实的、不加矫情与伪装的声音,看到没有被堂而皇之的标签所粉饰的文字。

北大诞生在戊戌变法之秋并作为唯一的维新成果而幸免于难这一事实,本身就带有戏剧性,康梁志士的万丈豪情在灰飞烟灭之时却无意中为中国文化与中国历史保留了一支血脉,一支具有巨大活力并注定在以后的历史中镌下深刻印记的血脉。它同时又是一面具有极大诱惑力与感召力的旗帜,许多的激情在这里会聚,许多的思想在这里砥砺,撞击,争搏,各色的俊才人杰罗列在她的麾下,使20世纪初的北大几乎成为中国新的民族文化与民族命运的滥觞。而所有北大的性格,都在那个时代铸定了它们的形状。蔡元培先生作为学界领袖,他对北大的"囊括大典,网罗百家""思想自由,兼容并包"的校格定位,造就了北大雍容大度的学术气象与海纳百川的胸怀。拖着长辫鼓吹帝制的辜鸿铭与公开宣扬布尔什维克赞美苏俄革命的亢慕义斋主人李大钊同列教席,这个极端的例子,也许是北大精神的最好注脚:以宽容、坦荡的精神整合时代思潮的多元主义,以自由民主的心态融合中西文化的菁华,于精辨慎思中取舍,在博取广收中扬弃。这是北大的校格,如果没有这种襟怀,中国的文化史与思想史或许要重写。

与学术上的"兼容并包"相映成趣的是北大校园文化与校园生活的多彩多姿。北大尽管被讥为"老大"(既老又大),但她的年轻的学子却永远是这个"老大"学校的不老的青春风景。尽管俗语说"铁打的营盘流水的兵",可是正是这些"兵"才使得流水不腐,"营盘"永远保持青春的活力。这个风景秀丽、足以与颐和、圆明相媲美的园子也许注定就是年轻学子们泼洒青春墨彩的最好的画布,让他们有足够的胆量和想象力去宣泄,去闯荡,去创造。于是便有惊天动地风花雪月的爱情,于是有七彩纷呈芜菁杂陈的宿舍生涯,于是有百十家学生社团的你方唱罢我登场的频繁活动,于是有众多讲座中的难解难分热火朝天的驳难与争辩;于是也有酒场上的低吟浅唱,大草坪上的声嘶力竭与吉他悠扬,离别宴会上的狂欢与迷醉,新年之夜的亢奋嘹亮的钟声;更有阁楼里流泪吟诵的长发诗人,有未名湖上不灭的爱情烛火,有青春欲望的颠倒狂迷,有洞穿时空的哲学追索;既有花前月下的誓词作家,也有蹈湖自尽的殉道英雄;既有埋首穷经的饱学通儒,也有放旷逍遥的青春恶少。北大以其博大的母亲的胸怀包容了这些孤独、狂躁、激情、诗意的灵魂,让他们以自己的阅历与智慧去选择生活,选择命运,而她相信,所有年轻的必将成长,所有幼稚的必将成熟,所有迷醉的必将苏醒,所有狂乱的必将得到抚慰。因而这里记录的,全是普通人物的寻常风景,悲欢离合,苦乐笑骂,也许荒诞不经,也许失于琐碎,有些甚至流露出些微的玩世不恭与落拓不羁。你皱眉头也好,付之一笑也罢,只要相信,这些记录后面,流露的是真实的时代的情绪,尽管不都是健康积极的。正如编者在扉页的题词中所说的:"让我们暂时放弃对伟大的颂扬，深入幽微的往事之中。从这些个人化的讲述里，我们也许能找到伟大的根源。"

编者别具匠心地按照20世纪70年代、80年代、90年代的文稿排序似乎有意让我们去窥视时代变迁背后的象征意义。与20年中的历史风云相对应的是三个年代青年学子们截然不同的文本表达方式，这不单是语言的变化，而且是更深刻地揭示了时代精神的巨变。当中国人的噩梦从70年代末突然苏醒的时候，这个历来敏感的校园立即捕捉到了她的清新的气息，于是在这座曾经唤醒过亿万民众的悠久的学校里，又开始了第二次思想启蒙运动。人们仿佛是刚从黑暗的蚕蛹里挣脱的幼蛾，还带着小心翼翼的胆怯的神情，就像带着镣铐跳舞的舞女，然而毕竟一个新时代来临了。他们的脸上流露着兴奋，内心却充溢着不可抑制的紧迫与恐慌，在那个灰色年代所抛掷的青春岁月无论怎样召唤也不复返了。70年代的文章，行文方式仍是古典主义的，充满着温情以及对新的时代的依恋和呼唤，然而他们的表情还是沉重的，那是一种无法用语言掩盖的时代的忧伤。同样不能掩盖的还有那个时代的理想主义的烙印。那样致命的理想主义，那种激起青春的狂热足以使整个国家陷入颠狂的理想主义，在他们脑海中似乎仍然余绪未平，并时常在笔端流露出来。而80年代则有着迥然不同的气息，那种狂躁更为明晰，对于多元主义生存方式的推崇使得整个校园生活的画面似乎有些驳杂，显得光怪陆离；他们担负了过多的思潮的冲击，理性主义、存在主义、自由主义、新诗潮……一齐灌涌到年轻学子们的心中，他们如饥似渴，却又茫然无措。如果说70年代末期是"结构主义"，那么80年代则更像一个"解构主义的文本"，把昔日单纯、崇高的理想消解了，把那些曾经奉为神圣、唯一的教条消解了，把一切历史文化所赋予的传统消解了，他们反抗一切，怀疑一切，嘲笑一切，摒弃一切。之后，便是无所归依。但那是一个令人怀恋的生机蓬勃的多姿多彩的时代，是一元复始的黄金时代，北大人称之为"最后的贵族"。90年代，与我们最为亲近的90年代，在"解构主义"之后是"生命中不能承受之轻"，在所有的浪漫、诗意、逍遥、庄严、反抗都被这个剧变的市场社会"消解"了之后，年轻的学子们把北大作为精神家园的最后寄托，继续演绎他们的青春故事。也许再过几十年，我们的故事会变得更精炼些，更厚重些，如同年久变得更为醇香的陈酒古酿。

　　季羡林先生曾经说，相比于世界一些名校，百年北大只能算是一个少年；北大肯定要继续存在下去的，两百年，五百年以至千年……北大的故事也会一年年地被演绎,被体验,被叙说。与那些冠冕堂皇的"正史"文字相比,人们也许能从那些"野史"中看到更真切的记忆之痕。正是因为"野史"是被许多生于斯长于斯歌于斯哭于斯的"平民"学子所撰写,因而也就更加面目亲切,如同亲历。悠悠百年,巍巍上庠,北大是不老的,燕园将永远是青春的天下,所有今天发生的都将成为往事,但愿将来的故事比今天更精彩。

1998年冬

教然后知困

——燕园教学随感

屈指算来，在燕园这个具有深厚文化底蕴和悠久学术传统的地方，我已经学习工作了14个春秋。读书的时候，我就非常痴迷于对北大传统的探求，并借着在北大校刊服务的机会，接触到许多在各个领域造诣精深的名师大家。在走访这些学界前辈的过程中，他们的人生遭际和丰富阅历所给予我的生命意义上的启迪固然使我受益匪浅，然而这些大师的特出的人格魅力和为师风范，每每使我在景仰的同时反复玩味不已，所谓"虽不能至，心向往之"，内心里面充满了对于教书这个职业的敬畏与神往。但是留在母校工作，对于我来说，绝对是一件概率极小的偶然而又幸运的事。一个几乎没有任何教学经验的人，一个在众人面前讲话都会拘谨的人，是否能够胜任北大的神圣的讲台，是否能够抵挡北大学生近乎苛刻的挑剔眼光，对于我和我的家人来说，都是不十分确定的。就是带着这种诚惶诚恐的心态，开始了我在北大教书的职业生涯。

所谓"无知者无畏"，尽管对教学毫无经验，但我并不觉得站在讲台上说话有多么恐怖。我也风闻过一些前辈的逸事。比如沈从文先生，到北大讲授的第一节课，准备了两个小时的讲稿，竟然不到半小时就讲完了，站在讲台上尴尬得不知所措，只好转身在黑板上写了一行字："我讲完了，没有话可说了。"至今传为佳话。汪曾祺先生曾有文章忆及此事。再比如曾有学长告诉我，厉以宁先生虽时下举办讲座时从容不迫侃侃而谈令听者云集如痴如醉，但他早年因口吃之故，几乎要放弃在北大的教职而欲往他处专事科研工作。我后来听厉先生的课，果然还略带口吃痕迹，有点相信学长讲的故事并非虚构。这些传说，不管真假，总算给了我一点勇气和信心，觉得教书如同任何职业一样，总有一个淬炼的过程，而决定职业生涯成败的关键点，在于你是否享受这个过程，是否在这个过程中感到愉悦和自我实现。

我听到无数前辈说过，教书是一门艺术，我对这一点深信不疑。实际上,任何一种职业,当它达到一种纯熟、从容、忘我、自如的境界的时候,不都是一种艺术吗?弹奏古琴,物我两忘,固然是一种艺术,然而一个铁匠,当他有节奏地挥舞着铁锤,看火红的物件在砧铁上锻炼时,那种浑然忘我的境界,那种完美的节奏,那种娴熟的收放自如的神态,不也是一种艺术吗?所以作为"竹林七贤"的名士嵇康,既可以是卓越的古琴演奏者,在《广陵散》的世界里陶醉,也可以是一个优秀的铁匠,在铁锤的叮当声里体会生命的美感。所以斯宾诺沙既可以是一个深沉的哲学家,在他的思想世界里享受快感,也可以是一个手艺精湛的磨镜片的工匠,在这两个领域,他都以艺术家的姿态生活着。教书作为一种职业,其境界,也应该是艺术的。艺术的本质是多元,所以教书的风格就不是单一的,而应该是多种风格并存的;艺术的本质是创造,因此教书就不会是一种简单的机械的重复,而应该经常注入新鲜的东西;艺术的本质是一种激情,因此教书就不可能是呆板的毫无生气的照本宣科,而应该是生命热情的全部投入。我体会,正是在这些意义上,前辈们才称教书是一门艺术。艺术可不是那么简单的事!

我有幸在北大学习的过程中,见识了很多在教书这个行当堪称高手的"艺术家",而他们的教书的艺术或者说风格却是非常不同的。我曾在课堂上跟学生戏谈北大教师的风格,我把这些风格分成五种:激情宣泄型、人格感化型、儒雅洒脱型、冷静肃穆型、世情嘲讽型。我可能另有文章来细说这几种类型。实际上,我们往往有一种误解,以为所有名师一定都是在讲台上谈笑自如,都有着讲演家的口才和相声艺术家的幽默。其实名师的风格是缤纷多样的,并不拘于一种模式。我在读书的时候听过很多名师的讲座,他们给我的感觉似乎恰好相反:这些大师的口才实在不能说是特别优秀的,但是他们的课堂却总是能够吸引那么多沉静听讲的学生。季羡林先生有些山东口音,讲话速度并不迅疾流畅,属于朴厚敦雅的学者,他的讲课风格很平实,处处透着一种老实、宽厚、谨严的风范,我从来没有看到他的讲座中出现什么高潮轰动的场面。张岱年先生也是这样,他不太会讲笑话,说话有些艰涩的样子,总爱说"这个问题很复杂",他完全没有我们想象中的名士的洒脱。侯仁之先生讲课很有热情,但基本的格调仍旧是平实的。经济学院的几位前辈给我的印象也多半如此。据说陈岱孙先生的讲课富有逻辑性,思路清晰,掌握节奏恰到好处,但他气质平和,讲课并非激情洋溢妙趣横生。经济史一代大家陈振汉先生，据说讲课时声音极为微弱，且一口浙江官话，听来十分费劲。但他的课程无疑是很有分量很有内容的。我到陈振汉先生家拜访多次，每次听他讲诸暨话我都很头疼，经常茫然不知所云。中国经济思想史领域可谓开宗立派的学者赵靖先生，讲话有浓重的济南腔，讲课的风格十分平静质朴，几乎没有什么波澜，但他对中国古代文献的渊博学识总是使学生在课上屏息以听不敢怠慢。这些大师级前辈，之所以成为名师，不在于其特别优异的口才和演讲天赋，而在于渊博的学识与精深的学术造诣，还有他们在为人行事方面所表现出的特出的人格魅力。自然，也有口才与学识兼擅的名师，比如北大历史上的胡适先生，马寅初先生，但这样的人物实属稀有，不能当作通例。

我读过一篇文章，谈到北大教授钱理群先生，说他对教书有一种类似于"宗教的狂热"和"母性的激情"，这种形容当然是文学家笔法，但却颇为传神地传达出一个教师所必须具备的首要素质，那就是对教书的一种深刻的、执着的热爱。假如一个人在职业中找不到激情，找不到那种身心俱醉的投入感觉，找不到一种自我实现的满足感，那么，他就应该考虑重新选择自己的职业。教书不是为稻粱谋的"教书匠"职业，它是需要一种激情作后盾的。我听说过侯宝林先生（侯先生在1980年代被聘为北大中文系教授）的逸事。据说侯先生在家是一个非常严肃的人，不苟言笑，十分没有幽默感；然而一上台子演出，则立刻神采飞扬妙语连珠，仿佛变了一个人。戏台是他的人生提升之所，是他感到光彩焕发之所。讲台也如同戏台，当一个教师站在神圣的讲台前的时候，他应该表现出像侯先生上戏台一样的激情，他面对的是他所热爱的忠实而挑剔的听众，他必须用全部的身心力量来展现自己，不能慵懒，不能敷衍，不能面无表情，不能无所用心。

古时谈起教师，总要说"学高为师，身正为范"，我体会，古人对于一个教师的要求是相当全面的，不但要有精湛的学养，还要有高尚的人格根基，也就是前人所说的"道德文章"。在这个方面，我国经济学泰斗陈岱孙先生堪称典范。他逝世的时候，我曾连夜写了一副挽联：

　　学为儒范，行堪士表，仰一代宗师，道德文章泽后续；
　　质如松柏，襟同云水，数九秩春秋，经世济民慰平生。

岱老为人所称道的,也不仅是他在西方经济学研究领域的卓越贡献,学界倍加推重的,是他的淡泊、高贵、坚贞的人格操守和独立不倚、"修辞立其诚"的学术品质。《陈岱孙先生纪念文集》是我经常翻阅的一本书,每次读,总会被其中回忆岱老的文字所打动和震撼。一个教师,能够在那么多心灵里面留下宝贵的痕迹,能够以他的道德文章感化和熏陶那么多的后辈,实在是做到教师这个职业的巅峰境界。著名哲学家冯友兰先生曾说过:"甘作前薪燃后薪。"有这样的教师在北大薪火相传,北大优秀的学术传统和人文精神就永不会湮灭。

我体会,北大这些声誉卓著的学界大家之所以成为名师,有三个重要因素。一曰职业操守。所谓职业操守,乃是对自己的职业所怀有的敬畏、珍惜、尊重与神圣的感觉。一个北大的教师,最重要的是要珍惜和尊重自己的职业,热爱自己的学生,并且对北大怀着天然的深厚感情。一个在北大这样的有着深厚历史积淀的学府执教鞭的人,如果对北大的历史渊源和学术传统没有相当的觉解,如果对这所大学的未来命运没有一种天然的担当和使命感,那么我们就很难相信他能够胜任北大教师的职业。二曰学术根基。一个优秀的教师,首先应该是在自己的领域里学有专长、有所造诣的学者,所以科学研究始终是教学的基础。北大的教师,往往不是拿着现成的教科书去照本宣科,而是在讲授过程中紧密结合自己的科研工作,将自己的研究心得及时地反馈和融会到教学之中。而教书过程中所遇到的学生的质疑、问难,又补充和修正了自己的研究成果,使自己的科学研究达到一种新的境界。因此,我们才可以解释,为什么那些并非妙语连珠口若悬河的学者,可以成为深受学生爱戴的名师,其中的道理在于,他们在学术上的深厚根基使他们的讲授充满智慧的光彩。三曰人文底蕴。经济学是研究人类行为的科学,有其深刻的人文背景和社会属性。一个经济学的研究者和传授者,如果没有深厚的人文底蕴,没有一种终极意义上的人文关怀,他就不可能成为优秀的经济学研究者和传授者,他所培养的学生,也只能是没有思想的经济学"工匠"。工匠与艺术家的区别在于,前者成批制作,固守模式,而后者倾心于创造,绝不与他人或先前的自己雷同;前者乃是为稻粱谋的职业匠人,而后者是将生命投入进去的献身者。一个经济学的研究者和讲授者,如果不具备历史学、哲学、文学、社会学等最基本的人文素养,就很难在更高的意义上理解经济学,他只能是"经济学匠",而不是"经济学家";而一个匠人,所培养的也只能是匠人，而不可能培养出有着人文关怀的、有思想的、有创造力的未来的大师。

北大90周年校庆纪念文集《精神的魅力》(1988)的扉页，印着这样一段话："这真是一块圣地。近百年来，这里成长着中国数代最优秀的学者。丰博的学识，闪光的才智，庄严无畏的独立思想，这一切又与耿介不阿的人格操守以及勇锐的抗争精神相结合，构成了一种特出的精神魅力。"这是我读过的对北大精神最精彩、也是最富有文采的诠释，据我所知是出自中文系谢冕先生的手笔。北大精神的传承者是她的一代代学生，但其传授的担子在教师肩上。我有幸生活学习在这样的一个校园，见识到这么多优秀的学者和教师。他们都是值得效仿的榜样，还是那八个字："虽不能至，心向往之。"北大（以及那些名师）对于我而言，是一所永远难以毕业的学校。"学然后知不足，教然后知困"，陈岱孙先生晚年给后辈题字，喜欢用这句话。这不仅仅是一种大师式的谦逊。这里面蕴含着教师这一职业的精髓所在，那就是：终身学习。

2004年10月16日

师道小感[1]

(一)

师生之间,如大鱼小鱼之从游。大鱼前导,小鱼从之;从游日久,学问品德胸怀气质均自然熏染而成。

师者,重在传道。所以韩愈论师教,首重传道,次乃授业解惑。传道者,事关为人之道、处世之道、生命之道,乃至信仰之道。技与业,乃属次要。不传道,师失职也。而当下所谓师,竟至于无道可传,不堪为师也。

---

[1] 本文发表于《北京大学校报》2015年6月5日第1382期。

师与生，须终生为友。友者，不杂功利，坦诚相见，切磋琢磨，互相激发，终生为精神同道。能臻此境界之师生，寥若晨星。孔子得一颜回足矣，阳明得一徐爱足矣，苏格拉底得一柏拉图足矣。

师教须宽猛相济。宽，乃仁厚、宽弘，鼓舞学生之自由意志，激励其生命自信，并容忍年轻人犯错误，使其在顿挫中受淬炼，在跌倒中知行止，在伤痛中得教训。猛，即苛严，须在原则问题上择善固执，毫不退步，师者须学会棒喝，令学生终生得宝贵训诲。不猛，不足以促其顿悟警醒；不宽，不足以予其成长空间。师者必会营造一种氛围，既使学生感觉光风霁月、如坐春风，又使学生感到师道尊严，时时得感悟，时时得教诲。

师者，不重在教，而在引，在染，在励，在启。引其向上之情操，染其超拔之品格韵味，励其志节德业，启其深思笃行。以上诸事，均在师生从游中不知不觉熏陶而成，返观今日之教育，徒知知识之灌输，师生俨然若陌路之人，为师者焉知师道之精髓，焉得享受从游之乐趣哉！

（二）

教育乃探究人性之学也。蔡校长孑民先生言："与其守成法，毋宁尚自然；与其求划一，毋宁展个性。"

学生经历各殊，资禀迥异，何可强求整齐划一？教育之法，乃在于挖掘、鼓舞、激发、完善学生之个性，并依个性而施不同之教法。孔子倡导"有教无类"，但又强调"因材施教"。此中确无成法可循，若固守某种教法，则实属刻舟求剑之愚教也。

资质锐利者，须在其敏捷之外引其入宽博精深之道；资质缓钝者，须于其厚重之外教之以直率犀利。既顺其天性禀赋，又能补其阙失，使之个性更趋丰满完善。既顺其自然，又能施以引导，循循善诱之，因势利导之。

子路尚勇鲁莽，孔子则时时责叱棒喝之，以煞其狂锐之气，挫其锋芒，使之圆缓持重。冉求懦弱性怯，孔子则鼓舞其自信，激励其潜能，以增其勇毅果敢之锐气。故孔子答弟子百问，其答案往往因其资禀不同而各异。

由此观之，为师者必具识人之眼光与洞见。不识人，无以教人；不察人，必误人子弟。如何识人？孔子说："视其所以，观其所由，察其所安。"

师必深察其弟子,师生从游既久,相知必深,则弟子之人格、品性、好恶、特长,必熟谙于心,施教则有方矣。

　　识人之师,如点石成金,每遇良材皆可发现其潜质,启迪其天赋,纠正其偏误,涤除其杂质,使之完善人格,成就自我。

2013年9月24日于稻香湖

燕园"老生"寄语"新鲜人"

九月的燕园,正是芳草渐衰、枫叶欲红的时候。去了盛夏,去了繁复,去了沉闷,换了初秋,换了清爽,换了明丽。你们如初秋,带着鲜亮、清新的情调,以不可阻挡的步伐,走到燕园的色彩里来了。

看着你们轻捷的、似乎加了韵律的脚步,走过飘着彩旗的林荫道;看着你们面带着那么多憧憬那么多迷离的神色在接待处询问;看着你们以悠然无碍而又新奇兴奋的心境徜徉在未名湖畔,我猛地意识到一个我从未想过,而今又不得不接受的事实,我的如花如露的 freshman 的时日,永远地不再回返了。

可她还在你们的前面,等你们;她的歌谱里的每一个音节，等你去唱出；她的调色板里的每一种色彩，等你去涂画。这是你们应该引以为骄傲的，也是我们深为艳羡的！

我们都曾经拥有过 freshman 的日子，所以老生在你们的眼睛里，不必有什么可畏。子曰："后生可畏。"他是看透了大学里的门门道道的。别看接待处的老生们个个面带自信而成熟的神色，似乎人人都有指点江山的气魄，其实，我们每一个人的心底里，对你们的举手投足既觉得可笑可爱，又羡慕得要死，甚至还有一点点隐隐约约的畏惧！

你们来到燕园的第一个早晨，就已经给老生们看了一点颜色。这天的早餐，在众多的餐厅里，又有了周期性的震荡，许多老生在那条长长的、排满陌生而有力的 freshman 的队伍前望饭兴叹，心中连连叫苦。哲学上讲，"新生"事物不可战胜，你们是燕园又一批新的主人。

一脚踩进燕园的土地，一切都是新的，陌生的，充满着诱人的色彩。走在未名湖边，看着博雅塔顾长的倒影在水波里摇曳，你会觉得一种浪漫；在绿树如云、幽静曲折的小径上徘徊，听好鸟相鸣，看烟云聚敛，你会觉得一种悠闲；当"北大"两个神圣的字眼频频出现在历史与现实的画卷中，自豪之余，你会觉得一种优越。

可爱的 freshman，这些感觉诚然一点儿没错。可是朋友，燕园给你的可绝不只是浪漫、悠闲与优越。在俄文楼西、临湖轩侧，当你伫立在李大钊、蔡元培先生铜像前的时候，你会感受到一种深沉；迈进图书馆，置身于书架间，嗅着浩如烟海的书籍发出的独特味儿，你会觉得一种丰富；当你看着来来往往行色匆匆的学子奔走于燕园，大大的书包，脏兮兮的饭兜，代代相传的无照自行车，你会觉出一种自信，一种自由，一种朝气。当你在三角地流连，看着铺天盖地的各种学术讲座的海报，你会感到，这里是青春和思想密集的地方，是学术的神圣殿堂；当你在讨论会上看到激烈而热诚的相互驳难、相互激发，你会感到，燕园充溢着一种探求真知的庄严感，一种对于智慧的执着和对于真理的坚守。燕园，不但有永远不变的青春律动，更有着北大人引以为自豪的学术传统、耿介的操守、高洁的人格、谨严而独立的学术品质，这一切，是北大真正的魂。燕园是有着独特精神气质的大学，是一片散发着独特气味的园子。燕园会让你感受到另一种境界，别一种情调。朋友，别着急，你们很快也将成为燕园里一片不可忽视的风景。

初进燕园，一切都朝你微笑——可是生活，毕竟不总是微笑的。所谓"骄子精英"的光环尽可以抛在脑后，走进这块土地不久，你就会发现自己的浅薄与幼稚——这是我们大家都应该醒悟并且承认的。这里有的是丰富的知识，有的是睿智的师长，有的是才华出众的学友，作为北大人，第一件事是不要忘记了"怀若竹虚"。记得有一天，一位老师讲过一句对于我们这些豪情万丈的学子来说堪称醍醐灌顶的话："你们千万不要以为走进这个校门就了不起了，你现在要把自己看成零！"夜深人静之时，再来思忖这句话，才觉得其中的蕴味有多么深沉。自觉优越的时候，忘记你是北大人；而消沉颓唐的时候，不要忘了你是北大人。

是的，我的 freshman 朋友，北大真大，北大是一个世界，世界则无穷尽之时。也许一年半载过去，你还不知道翼然亭，不知道鸣鹤园里的红湖，不知道朗润园里有与清华园一样颇具情味的荷塘；你也许还未见到许多知名的学者，还未认识许多高尚丰富的人格，还未感受燕园那种自由正直、热诚向上的气息……我的新同窗们，这都不要紧，一切只是刚开了个头儿，你们有的是时日去寻觅，去发现，去体味。

平生最讨厌说教的我，本想努力使这篇小文写得活泼一点儿，轻松一点儿，现在看来，这种努力似乎是失败了。可是你要相信我说的全是真心话。毛泽东说过，"世界是你们的，也是我们的"；我的 freshman 朋友，我们且不必说，"试看今日之燕园,竟是谁家之天下",燕园是属于北大人的。我们共同在这片圣土上呼吸,耕耘,无论歌与哭,都是我们自己的。我们一起奔走,相信在尽头,我们都会有收获。

我的新同窗们,我多想再来一次开始;然而我的如花如露的 freshman 的岁月,一去不复返了。可她还在你们的前头,等你们。

1992 年 9 月

燕园迎新感怀

今天是北京大学新生报到的第一天。又是人头攒动的场景,又是一张张兴奋而稚嫩的脸。

记得有一个校友在一篇回忆文章里写道:开学那天,有一个漂亮的新生,站在那里,怯生生地问:请问,未名湖怎么走?那种庄严而充满期待的神情,像是在打听通往光明的人生之路。

读到这几句话,我每次都想流泪。

每一个新生,当他(她)第一次走进南门,走过幽深的林荫道,走到梦想了很多次的未名湖畔的时候,都会有一种难以名状的感受。这个地方,似乎宁静、庄严、深不可测。可是,这只是一个很小的湖,不过一勺水。

想起我第一次进北大的情景，有些可笑。

我是跟着一个数学系的学长从家乡山东来到北京的。稀里糊涂的，好像从人民大学就下了车，还是凌晨2点多的时候。那时候，从人民大学到北京大学的这条路，可不是现在的样子，还是那种很土、但又很宽敞的路，两边是高大的白杨树。我提着沉重的箱子，竟然徒步走到了北大。天晓得哪里来得那么大力气！现在让我提着箱子从北大南门走到西门我也走不到！

到了北大南门，一走进幽深的林荫道，我的心一下子静下来了。以后的十七年，每当从老家或外地回到北大，走进这片林荫道，我都有一种沉静、肃穆而悠然的感觉。我心里说，终于到家了，这里才是我精神上的故乡。可以使我感到安歇和宁静的地方。

我记得我随着学长，迷迷糊糊地，绕过了一些黑黢黢的楼，来到他的宿舍39楼，然后从一个破烂的窗户爬了进去。感觉像是在做贼，或是当间谍一样，很刺激！我当时心里想，啊？这就是北大？一个可以随时从破窗户爬进宿舍的地方？太离谱了吧？我在北大的第一个晚上就是在学长的臭气熏天的宿舍里度过的，几乎窒息。可是我很快就睡着了。这第一个晚上，我梦想了很久，设计了很多浪漫的场面，而最终实现的，竟是与学长宿舍那个臭哄哄的味道相伴。可是我仍然怀念那个晚上，无梦，安稳，静谧。

此后十几年，一直没有离开这个园子。眼见着一帮帮的孩子进来了，又出去了。一个个面孔，从幼稚澄澈变得老成持重。开学典礼和毕业典礼参加了很多回，每一次都像一个新生一样，激动不安，兴奋不已。每次，都有一个冲动，想重新回到十几年前那个夜晚，重新从林荫道走过；重新装作第一次来到未名湖边，坐在椅子上，看周围的陌生人群以及痴想了很久的湖光塔影。湖边，每年上演着各种不同的命运悲喜剧，这些年轻的灵魂，兴奋地、满怀憧憬地来了，又恋恋不舍地走了。就像那支歌里唱的：

　　回头，有一群朴素的少年，轻轻松松地走远，不知道哪一天，再相见………

作为一个老生，总是有一种想说教的冲动。要不怎么说"老生常谈"呢！我想对弟弟妹妹们说，在北大，你放下你积累了十几年的优越感，重新把自己归零；一切都重新开始，这里的学友、学长、老师、先贤，这里的厚重的历史，都值得你用全部身心去学习，去感悟。身边的人，你要谦逊地向他们学习。因为任何一个人,都有自己了不起的地方,如果你从每个人身上都学得一点本事,岂不是很妙的事?你就成了那个郭大侠了!

我还想对弟弟妹妹们说,你们要学着包容、理解、爱,学会怎样生活在人群中,而不是离群索居。孤僻和偏执从来不是什么美好的品质。中学的那个只会读书就可以包打天下的时代永远过去了,你面临着新的生活和锤炼。

你的心灵将在这个时期以不可思议的速度迅猛地成长。不要丧失任何一个使自己成长的机会。你要用全部身心去学习,从周遭的环境学习,从前人的智慧学习,从内心学习。

好啦!弟弟妹妹们,不再啰唆了,你们要上路了!好好走每一步,不要浪费时间在那些无聊的事情上!你的大学,只有1200天!数着,走着,不要辜负了这些好时光。北大的老校歌上写着:"莫白了青青双鬓,男儿自有真。谁不是良时豪俊?待培养出,文章气节少年人。"

再啰嗦一个事儿。有一年,好像是1999年的6月吧,那时我刚留校任教不久,一次拎着暖壶去开水房打水。路过28楼(我本科时住过的楼),突然看到楼上飘下来一个床单,上面用红油漆写着八个血淋林的大字:

我爱北大，我失我爱！

我当时就流泪了。

这是所有在这个园子里生活了四年的男男女女们心里要说的话。

所以弟弟妹妹们，你们要珍惜在这里的每一个时刻。不管痛苦的还是快乐的，都是你生命里的珍宝。

这样，你就永远不会失去北大。衷心地祝福你们，年轻人。

2003年9月2日北大迎新日

新生:崭新的生命[1]

金秋时节,燕园又迎来了一批朝气蓬勃的新生,这些对大学生活充满憧憬与梦想的"新鲜人",无疑将成为燕园新一代主人。请允许我以"老生"的身份祝贺你们。而且,更加无疑地,你们都是五湖四海最优秀的学子,你们在中学时代所创造的辉煌将成为你们所在学校引以为骄傲的传说,一代代传下去。但是,自从踏进大学校门的第一天起,就意味着你与过往的辉煌作一个彻底的告别,你即将开启崭新的生活、全新的生命,你必将迎来崭新的挑战,拥抱

---

[1] 本文发表于《北京大学校报》2014年9月17日第1357期。

一个崭新的世界。新生们,为了这个"崭新的生命",你准备好了吗?

这个"崭新的生命",首先意味着崭新的生存方式与学习方式。在高中时代,你们的生存方式极为整齐划一,遵照一种几乎统一的模式,以固定的、别人给定的节奏去生存,而所有生存的唯一目的,是进入一所理想的大学。在这样的生存目标下,你的学习模式也是极为单一的,无数次的记诵、频繁的考核、翻来覆去的练习,按照固定的答案和权威的记述去填充头脑,力争不出一点差错,力争完美的正确率,这是我们高中时代习以为常的学习模式,也是很多人致胜的武器。然而,这种导致心灵窒塞、眼界狭窄、想象力与创造力萎缩的学习方式在大学时代必将终结。大学时代的学习与读书,是自主的、探索式的、研讨式的,在所有科学研究领域,重要的都不是既定的、无可争议的答案本身,而是研究的方法、思考问题的方式、获得真理的有效途径。换句话说,学会怎样去思考、怎样开展深刻而系统的探索、怎样独立自主地去研究,比记住无可争议却毫无意义的答案重要一万倍。为此,每一位新生必须深刻反省并彻底抛弃以往那种被动的、记诵式的、以应考为目的的学习模式,而代之以问题导向式的,以主动思考、多元探索、开放式研究为特征的崭新的学习方式。即使是在课堂的以教师讲授为主的课程中,你也要学会质疑,学会以自己的方式思索其观点的来源及其合理性,学会从中提炼出问题,而不是仅仅追求记住教师所教授的观点。因此,那些在大学期间纯粹因记诵能力优异而获得较高绩点的学生,往往是研究能力比较差、主动求索意识薄弱、问题意识淡薄的学生,这些学生未来的创造力必然很弱,这是大家在入学之初就要引以为戒的。为了达到这种学习模式的彻底转型,你就要学会系统地考察文献,学会高效利用图书馆资源,养成梳理问题并主动求索的习惯,培养自己的问题意识,训练自己处理科学问题的能力。同时,利用课余时间与寒暑假,你还要学会在文献调查和已有理论思索的基础上进行田野调查,从现实的经济社会文化中寻找学术灵感,接触真正的问题,并结合现实寻求答案。你要学会探索真实世界的经济学,而不是仅仅局限于文献的"书本经济学",也不是老师传授的"黑板经济学"教条。

这个"崭新的生命",还意味着你在大学中将面临全新的生存环境,你要熟悉且适应这个环境,并学会从这个环境中获得成长的源泉,获得生命的全面滋养。我们在高中的环境是固定的、僵硬的、单一的,你每天面对一样的同学，老师也是固定的，你无法选择。然而在大学，你将面临流动的、多元的、复杂的、可以主动选择的环境。在这样的环境中，考验的是你的主动性。你可以选择你喜爱的老师、喜爱的课程（当然一般来说必修课程除外），你可以在丰富多彩的各个领域的学术讲座中选择自己最感兴趣的，以拓展自己的学术视野。你面对极其丰富的学科资源，如果你在经济学专业之外还对哲学、历史、心理学或者数学等感兴趣，就可以到这些系的课堂上去听课，甚至正式选课。大学提供了一个多元学科交融的平台，供你去自由选择，使你的精神与学术得到全方位的滋养。在你的新环境中，还包括极其优秀的各个专业、各个学科的学友们，你要注意从这些全国最卓越的同窗身上汲取营养，汲取灵感，汲取心灵的力量，在某种程度上，你从优秀的同窗身上汲取的智慧与养分可能比从老师身上汲取的还要多。这个新环境还包括燕园极其丰富多元的社团活动，北大既有大量的学术性极强的研究型社团，也有很多以培养人文情操与艺术素养为目标的社团，还有大量关注社会问题、富于社会关怀的公益性社团。这些社团是丰富你的生命、锤炼你的组织协调与沟通能力、提升你的修养、增强你的社会参与度的重要组织（载体）。你要从你以往封闭的环境中解脱出来，广泛地参与学校社群活动，拓展你生命的宽度与深度，使你的大学生活更丰富、更有价值、更值得回味。我常常说，社团生活是培养企业家精神与领袖才能的最好手段。在这新环境中，更有那些学养深厚、造诣精深的各个领域最优秀的学者和大师们，他们身上传承着北大生生不息的学术精神与文化血脉，他们的学术品格与学术思想值得我们每一个北大学子去效仿，去学习，去追随。可以说，每一个大师与卓越学者，本身就是一所大学。探寻他们的心灵世界与学术道路，对于提升我们的生命境界是非常有益的。我二十四年前入学，在与陈岱孙先生、季羡林先生、林庚先生、邹衡先生等诸学科中的宗师级前辈从游的过程中，所汲取的精神力量与生命感悟，对我一生的学术与人生都会有重要影响。你们在课堂之外，不要忘了去利用任何机会，拜访你心目中的大师与优秀学者，我相信，你每一次郑重的叩访，这些大师必将为你开启一扇充满魅力并引领你未来人生的心灵之门。

这个"崭新的生命"，还将意味着崭新的人生定位与人生境界，为此你们必须做好充分的心理准备。在高中，我们的人生定位大多局限于对于大学的梦想，似乎人生所有的意义就在于考上好的大学。然而，进入大学之后，你要重新调整你的人生定位，不可以为考上北大就万事大吉了，进入燕园只是万里长征的第一步，你的人生的征途才刚刚起步，你距离真正意义上的成功还有十万八千里。你必须在进入大学的第一天起就立即为自己清零、归零，忘记背后的辉煌，努力向前瞻望，向着你生命的新标杆奔跑。你要为未来一生的职业生涯做好规划、做好奠基、做好学养与心理的准备。你必须以一种更加廓大、开放、独立、高远的方式，来过你的崭新的生活。为此，你必须要做好继续吃苦的准备，而不是认为进入北大就一劳永逸，可以在大学中享受闲逸生活，不是那么回事！你必须学会独立地生活，独立地判断，独立地选择，不依傍你父母的呵护与扶携；你必须学会自我控制，在北大这种极端自由且宽容的环境中，自我控制力是极其重要的，你要过一种自律的、有节制的、有秩序的生活，而不在那些无益而徒耗时光的事情上放纵自己，虚掷自己的青春生命。你必须做好应对崭新挑战的心理准备，做好迎接挫折的心理准备。你要把你在中学时代就养成的优越感与骄傲抛开，在北大新的残酷的竞争环境中找到自己的定位与自信，正确对待挫折与失败、弱点与不足，在遭遇挫折时要努力调整自己的心态，保持一颗平常心。即使你在第一次考试中就得了全班的倒数第一（而且一定会有倒数第一这个人选），请你不要震惊，不要失眠，不要失落，更不要失去存在的勇气，不要质疑自己的能力和智慧。你不可能像高中时代一样永久性地保持全校第一的纪录，你要适应这种全新的竞争环境，把那种时时处处都要独占鳌头的虚荣心和优越感迅速打掉。你要清醒、冷静、客观地剖析自己的优势与劣势，从而在分析比较中确立自己的位置，重新拾起你的自信。可以说，正确地对待这种挫败感，是每一个新生进入北大必修的第一课。这一课过关了，你就获得了终生的免疫力，你就知道自己这一生可以做什么，不能做什么，你就能成就一个独特的、精彩的、自信的自己。

2014 年 8 月 27 日

北大校歌小识

北京大学现在并没有一首大家公认的校歌。这实在是一个不小的遗憾。

开学典礼,毕业典礼,我们竟然没有一首大家共同认同和喜爱的校歌来唱,岂不是很煞风景?

搜出1999年我在"北京大学校刊"上发表的《北大校歌小识》,先抄在下面:

很多年前,由于偶然的机缘,得进北京大学档案馆窥其堂奥。亲近五四时代的沙滩遗风,品味那个充溢着活力与激情的年月,满眼是煊赫于中国近代史上的名字,虽不能至,心向往之。查《国立北京大学二十周年纪念册》(1918),内有《北京大学二十周年纪念歌》一首,乃文科教授吴梅撰,词曰：

> 械朴乐英才，试语同侪，追想逊清时创立此堂斋。景山丽日开，旧家主第门楹改。春明起讲台，春风尽异才。沧海动风雷，弦诵无妨碍。到如今费多少桃李栽培，喜此时幸遇先生蔡。从头细揣算，匆匆岁月，已是廿年来。

再翻下去，不意竟翻出《北京大学校歌》。此校歌未见有人提及，湮没无闻数十载矣。其词亦为吴梅教授所撰，曰：

> 景山门，启鳣帷，成均又新。弦诵一堂春。破朝昏，鸡鸣风雨相亲。数分科，有东西秘文。论同堂，尽南北儒珍。珍重读书身，莫白了青青双鬓，男儿自有真。谁不是良时豪俊？待培养出，文章气节少年人。

两曲写于五四前夕，诚新旧交错、晨昏相继之时。开一代新气象、奠北大精神之基者，"先生蔡"也。"沧海风雷""文章气节"等语，可想见北大当日豪情姿质。但是吴梅先生作的校歌并未被北大校方承认为正式校歌。

又想起罗庸先生等作的《西南联大校歌》,此歌与冯友兰先生所撰联大纪念碑文,堪称双璧。一阕满江红,如渐离击筑易水,如祖逖击楫中流,于危急存亡之秋,悲愤慷慨之气淋漓纸上。词曰:

万里长征,辞却了五朝官阙。暂驻足,衡山湘水,又成别离。绝徼移栽桢干质,九州遍洒黎元血。尽笳吹弦诵在春城,情弥切。

千秋耻,终当雪。中兴业,须人杰。便一成三户,壮怀难折。多难殷忧新国运,动心忍性希前哲。待驱除仇寇复神京,还燕碣。

今北大已历百载沧桑,值百岁之庆。上距联大国难时期,为时五十余年;再上距五四之时,为时八十年。世易时移,人间变幻,令人感慨系之。

现在,北大流行着一首名为《燕园情》的歌曲,大家都把它当作"北大的校歌",尽管校方并没有明确认定。这是北大学生自己心目中的校歌。歌词典雅凝重,曲调激昂深沉,实在是好歌。以下是《燕园情》的歌词,曲子可以在网上搜到：

> 红楼飞雪,一时英杰,先哲曾书写,爱国进步民主科学。
> 忆昔长别,阳关千叠,狂歌曾竞夜,收拾山河待百年约。
> 我们来自江南塞北,情系着城镇乡野;
> 我们走向海角天涯,指点着三山五岳。
> 我们今天东风桃李,用青春完成作业;
> 我们明天巨木成林,让中华震惊世界。
> 燕园情,千千结,问少年心事,
> 眼底未名水,胸中黄河月。

这首歌实在太好了。唱歌的人,我相信都会含着眼泪唱它。

1999 年 10 月初稿,2007 年 4 月 22 日清晨修订

博学、审问、慎思、明辨

——毕业典礼致辞之一[1]

看到大家熟悉的面孔,感到非常高兴。我想今天对于在座的各位,是一个历史性的时刻。首先衷心祝贺你们能够通过自己的勤奋努力,如愿以偿圆满毕业。今天,我非常荣幸作为一个教员,在你们的毕业典礼上说几句话。

各位经过几年的学习,已经完全融入北大特有的文化氛围中,被这个大学独特的人文精神和学术风格所深深熏陶。我相信,每一个同学,当你即将毕业离开这个校园的

---

[1] 本文是作者在北京大学经济学院2004级金融学研究生班毕业典礼上的致辞。

时候，都必将深刻地感受到，自己的整个灵魂已经与这个大学紧密地联系在一起了。而我经常思考的一个问题是，我们作为一名北大学生，在北大究竟学习到什么？北大给了这些毕业生什么东西，值得我们作为永久的纪念？

北京大学经济学院的前辈陈岱孙先生（1900—1997）曾经说过，一个北大学生，应该在这个校园里学会三件事情，那就是长知识、长智慧、长道义。知识排在最前面，也是最不重要的；其次是智慧；而最高境界是长道义，即整个人格境界的提升。陈岱孙先生提出的这"三长"，对于每一个毕业生而言，既是语重心长的期望，又是富有人生智慧的点拨。

北大在历史上曾以"博学审问慎思明辨"为校训，我觉得是非常精当的，现在应该恢复这个校训。所谓"博学"，乃是要求学生首先成为知识广博的人，他对事物背后隐藏的真理有着广泛的兴趣，他不仅应该努力成为一个领域的专门家，而且应该成为一个学识宏富、趣味广博的研究者。"审问"，乃是要求学生必须对事物有着精细深刻的研究，对世界的本质与根源做深入的探讨与不懈的追问，穷根溯源，孜孜以求，对真理怀有执着的信念。"慎思"，乃是运用自己的理性，慎重而独立地作出判断，不追随他人的成见，不依傍以往思想家和同时代学者的教条，不理会这个世界的喧嚣，以自己严肃认真的思考对客观世界做出最终的裁决。"明辨"，乃是要求北大的学生面对各种流行的思想与意识，能明智地辨别其中的是非，这也就意味着一种判断力的养成，一种独立的理性思考能力的养成。我认为，"博学审问慎思明辨"这八个字，应该是北大教导每一位学生的最宝贵的精神财富。独立的理性精神、批判性的思考、广博的文化素养，应该成为每一个毕业生终生追求的目标。

大家在北京大学接受了比较系统的经济学教育。我们要清楚，在现代经济学两个多世纪的发展历程中，其人文主义精神正在逐渐丧失，其理性主义和唯科学主义的色彩正在逐渐增强。而我认为，作为一个北大金融学专业的毕业生，你不仅应该知道汇率、期货与投资银行，还应该具备一种深远的人文关怀。在我国悠久的学术传统中，读书人一直崇尚"士"的节操与风尚；"士"不是一般意义上的读书人（知识的创造者与研究者），他除了具备广博的学识和全面的素养之外，还须关注那些超脱于研究者自身的更为广阔而深远的命题，关注国家、民族以至于整个人类的福祉与终极命运。所以"士"的使命极为庄严重大，因而《论语》里说："士不可以不弘毅，任重而道远。"（《论语·

泰伯》）假如没有更为广阔的人文关怀，没有关注整个人类价值与前途的宽大胸襟，那他只能是一个具备工具理性的专家，只能是一个"单向度的人"，只能是一个人格萎缩、灵魂矮小的"知道分子"。知识分子与知道分子只有一字之差，其境界是非常不同的。爱因斯坦曾经告诫科学家们说："关注人本身，应当始终成为一切科学上奋斗的主要目标。……当你埋头于图表和方程式时，千万不要忘记这一点！"（爱因斯坦《科学与幸福》）我也要提醒大家，当你关注证券市场走势与外汇交易行情的时候，也千万不要忘记这一点。我认为，任何真正意义上的科学，包括经济科学在内，其最终目的乃是提升与改善人的境遇，乃是人的自由和价值的重新发现与人的幸福和尊严的实现。

在大家即将毕业的时候，我还想提醒大家，作为一个北大金融学专业的毕业生，你还应该努力追求具备全面的知识素养，万不可画地为牢，被自己狭窄的金融学专业领域所囿。这一点恐怕大家已有深刻体会。孔子说，"君子不器"（《论语·为政》），即要求君子（知识分子）不要像器具一样只具备一种功能，一种技艺，而要具备多方面的才能和知识。这四个字里充满着先哲伟大的智慧。在社会科学发展史上，"历史学帝国主义"和"经济学帝国主义"曾相继出现，为学术史留下不少教训。实际上，像经济学和金融学这样的学科，完全可以也完全应该从哲学（包括伦理学）、社会学、法学、政治学、历史学、心理学甚至从自然科学（比如生物学、物理学）的发展中汲取思想或方法论上的灵感，而事实上，经济学这门学科在历史上确实已经受到上述学科的宝贵滋养和启示。而即使各位将来不准备做一个学者，广博的知识素养也有益于你职业生涯的成功。

学习是一桩终生的事业，各位研究生毕业获得硕士学位，仅仅是学习生涯的一个小站。我相信，在座的各位将来必将在各自的职业生涯中做出不同凡响的成就。最后，我衷心祝愿大家在未来的工作中，取得更辉煌的成绩，以回报母校；我也衷心祝福各位家庭幸福，生活美满！谢谢大家！

2007 年 1 月 14 日

人格·人文·人际

——毕业典礼致辞之二[1]

今天，对于在座的各位，是一个具有纪念意义的时刻，也是一个值得自豪的时刻。我非常荣幸能够在这样一个庄严的典礼上与在座的各位说几句话。我想我今天不仅作为一个教员，也作为一个老北大毕业生，以一个学长的身份，与各位新毕业生分享我的一些体会，与大家共勉。

我是1990年入学的，一晃毕业十几年了。在这十几年中，尤其是留校服务的九年中，我经常会思考一个问题，那就是，母校北京大学究竟教给我们什么独特的东西值得

---

[1] 本文是作者在北京大学经济学院2007届本科生毕业典礼上的致辞。

我们作为终生的纪念？

这不是一个容易回答的问题，但又是一个必须回答的问题。对于刚刚走进燕园的同学而言，回答这个问题将意味着他从此可以奠定自己未来四年的生活基调，以不辜负自己一生中最值得珍视的美好时光；而对于即将走出燕园的毕业生而言，回答这个问题也就意味着对自己四年大学生活进行一番深切的梳理和全面的反省，而这种宝贵的反省将使你们未来的人生旅途更有方向感。

根据我的不全面的理解，母校除了给予我们应有的专业知识之外，还教会对每一位学子的心灵成长和事业发展非常有益的三种知识，那就是人格知识、人文知识和人际知识。

先说人格。我以为，大学时代最重要的知识是人格知识。在我们生命里的一些重要时刻，决定我们成功的，也许并不是那些专业知识，而是我们自身的人格力量，那是来自心灵的力量，而不是头脑的力量。《大学》一书开宗明义即说："大学之道，在明明德，在新民，在止于至善。"19世纪的牛津学者纽曼（John Henry Newman，1801—1890）在其名著《大学的理念》（*The Idea of a University*）中认为大学的功能在于提供"博雅教育"（liberal education），目的在于"性格之塑造"（character formation），这也就是蔡元培校长（1868—1940）所标举的大学之道在于"人格之养成"。曾在北京大学任教授的钱穆先生（1895—1990）说，中国的学问传统有三大系统，即人统、事统、学统（钱穆《中国学术通论》）。中国的学问传统最重人统，即"学者所以学做人也"，一切学问，其用意在于学如何做一有理想有价值之人。我们经济学院的前辈陈岱孙先生（1900—1997）说，一个大学生应该在大学里学会"长知识、长智慧、长道义"，他也把"道义"放在知识与智慧之上。确实，真正重要的读书不是那些纯粹以学习专业知识为目的的"读书"，而是心灵与人格意义上的读书。中国人将"修身"置于"齐家""治国""平天下"之前，包含着深刻的含义和巨大的奥秘。我们看到，如果没有完善的健全的人格作后盾，我们的学术研究与实际工作本身的意义是值得怀疑的。在许多经济学大师身上，卓越的学识与卓越的人格在他们那里相得益彰：学术上的成就映照出人格的伟岸，而人格上的光辉也昭示出学术的真正意义所在。北大经济学院历史上有很多这样的楷模，已故的马寅初先生（1882—1982）、陈岱孙先生（1900—1997），都是卓越的学识和高贵的人格完美结合的典范。

次说人文。能够在北大这样一个有着浓郁人文气息的学府学习四年,是我们在座每一个学子的幸运。现代经济学两个世纪的演变(以亚当·斯密[1723—1790]1776年发表《国富论》为标志)以及在中国一个世纪的传播发展(以1901年严复校长[1853—1921]翻译《国富论》为标志)表明,经济学研究与历史学、伦理学、哲学、法学、政治学等社会科学有着深刻的渊源关系,经济学与其他学科的互动与对话,是未来经济学发展的潮流之一。现代经济学发展史上的许多灵感和成就,都来自经济学与其他学科之间的开放与平等的对话和沟通。所以,我们的大学时代,我们精力最为旺盛、求知欲最为旺盛的时代,能够在一所具有深远人文传统的大学中度过,广泛涉猎哲学、伦理学、历史学、法学、政治学、社会学等学科的知识和著作,必将对诸位以后的学术研究和实际工作大有裨益。这中间的道理不必细说。社会科学知识的贯通和相互渗透,会提供给我们出人意料的灵感和素材,这些思想的源泉,对于我们从事经济学研究以及从事其他有关的实际经济工作,都有着不可低估的作用。

作为一个经济学的学习者和工作者,还应该具有相当程度的人文修养。经济学家应该将经济学的理性精神和人文关怀紧密结合,一方面具有冷静的客观的理性精神,另一方面又具有深远的人文关怀,关注人生,关注人类社会的普遍境遇与命运。人文素养和人文关怀,是一个经济学家和"经济学匠"的分界线:真正的经济学家,不光具备经济学的专业学术能力,还应具有深厚的人文修养和深远的人文关怀,否则,他就只是一个工具意义上的"经济学匠"。一个具备深厚的人文关怀的知识分子与一个仅具备工具理性的"知道分子",虽也只有一字之差,其境界有霄壤之别。爱因斯坦(1879—1955)曾经告诫科学家们说:"关注人本身,应当始终成为一切科学上奋斗的主要目标……当你埋头于图表和方程式时,千万不要忘记这一点!"(爱因斯坦《科学与幸福》)我也要提醒各位,当你将来关注证券市场、外汇行情与财务报表的时候,也千万不要忘记这一点。

最后谈人际。北大学生最不缺乏的品质也许就是自信和独立,但是自信不是傲气,独立也绝不等于孤僻。对于每一个北大学生而言,意识到这一点绝对是必要的。人际知识对我们事业的成功和心灵的成长至关重要,不管将来从政、从商或从学,只要你与他人存在着合作,你就要时刻学习这种人际知识。学习人际知识是让我们学习与周围的世界保持一种宝贵的和谐。人际知识教会你如何把自己的内心的工作与外界相联结,如何在自己的梦想与社会现实之间寻找一种有益的妥协和均衡。而孤僻与骄傲阻碍了我们从别人身上学习，阻碍了我们与他人之间的良好沟通。我们应学着以谦逊的姿态面对他人，努力从他人身上学习和汲取对自己有益的东西；我们应学着感激别人，感激一切为这个世界工作和为你工作的人们；我们还要尝试着"换位思考"，学着站在别人的立场和地位上去思考问题，学着努力理解别人；我们还要学会宽容别人，而我们包容的胸怀越大，所得的回报也就越丰厚。一个在与他人的交往中从不会感激、不知谦逊、不会理解、没有宽容的人，永远不能取得真正意义上的成功。

以上是我对大学生活的理解和对在座各位的期待。最后，我想引用两个人的作品作为对各位的祝愿。美国学者爱默生（Ralph Waldo Emerson，1803—1882）在《论美国学者》一文中曾经这样祝福年轻的一代：

> ……那些最有希望的年轻人在这片国土上开始生活，山风吹拂着他们，上帝的星辰照耀他们。……要忍耐，再忍耐——忍耐中你沐浴着一切善良人和伟人的余荫，而你的安慰是你本人无限宽广的生活远景，你的工作是研究与传播真理，使

得人的本能普及开来,并且感化全世界。

北京大学教授吴梅先生(1884—1939)在1918年作的《北京大学校歌》的下半阕中写道:

> 数分科有东西秘文,论同堂尽南北儒珍。珍重读书身,莫白了青青双鬓,男儿自有真。谁不是良时豪俊?待培养出,文章气节少年人。

在座的各位无疑都是"良时豪俊",都是北大培养出来的"文章气节少年人"。衷心祝福在座的各位,祝你们每一个人都前程远大,事业辉煌!

2007年7月2日

坚守与淡泊

——论北大经院的精神传统[1]

2012年2月,距离北京大学经济学院百年院庆还有三个月时间,我和朋友们到香山脚下的杏林山庄"闭关"编撰《百年图史》。此地与曹雪芹"黄叶村著书处"只有咫尺之遥,能在此处编写《百年图史》,亦浮生一乐也。在那里,我们将几千张图片进行筛选、排序,以时间为轴将一张张历史图片连接起来,如此一幅漫长且鲜活的历史画卷就展现在我们面前。那些伟大先贤的风采实在令人追慕不已!他们身上所展示出来的人格魅力必将永久地镌刻在人类精

---

[1] 本文发表于《北京大学校报》2015年1月15日第1371期。

神的史册上。回来后,我写了一首小诗以纪念编书的情景。

> 西山偕诸友编北大经济学院百年图史有感
> 寂寂西山作小隐,百年史海稽销沉。
> 春篁斜倚碧云寺,星斗垂扣黄叶村。
> 廉澄气象追魏晋,岱岳丰神越俗尘。
> 更钦老马硬骨在,傲雪如梅惊士林。

诗中的"廉澄",是赵迺搏先生的号,他长须飘然,爱好诗文书法,确有魏晋风度!"岱岳"指的是陈岱孙先生,岱老身材伟岸,风度翩翩,可谓道骨仙风。"老马"指的是马寅初先生,马先生一生傲骨铮铮,堪称士林表率。

在编写经院《百年图史》《百年华章——经院百年纪念文集》的过程中,我一直在思考一个问题,就是百年经院的精神特质到底是什么?我主要有以下几点体会:

第一,经世济民、敢于担当的人格魅力。陈岱孙先生很早就说过:"经济学是经世济民之学。"岱老对经济学的这种界定直接与中华民族知识分子数千年来关注国运、敢于担当的人格追求结合起来了。在这方面,马寅初先生是当代知识分子中最卓越的代表之一。马校长在20世纪40

年代曾因激烈批评当时的腐败政府和四大家族而被关入息烽集中营，1950年代末期又因为热诚为新中国建言、发表《新人口论》而遭受全国性的批判；在当时的学术气候下，1959年11月，马寅初先生仍然发表了一篇掷地有声的公开信，他说："我虽年过八十，明知寡不敌众，自当单枪匹马出来应战，直到战死为止，决不向以力压服而不以理说服的那种批判者投降……我对我的理论相当有把握，不能不坚持。学术的尊严不能不维护，只得拒绝检讨。"（马寅初《重申我的请求》）马寅初先生身上所彰显出来的为国家民族未来而直言的勇毅品格，为民族利益而敢于担当的人格风范，至今仍然是经院最可宝贵的精神资源。还有陈振汉先生。我因为特殊的机缘与先生交往较多，陈先生看起来是一个面容简静、风神沉着、优雅之中带着文弱气质的纯粹书斋式的学者，但是实际上陈振汉先生内心却极为坚毅，有一种为自己信仰的东西而执着坚守的勇气。这位毕业于哈佛的中国经济史领域的创建者，1950年代末期曾经因为一篇数万言的《我们对于当前经济科学工作的一些意见》而被划为"极右分子"，并为此付出了惨重的人生代价，有20多年被剥夺了讲课和研究的权利。事隔40年后，当陈振汉先生出版他的《社会经济史学论文集》（1999年）的时候，没有将《意见书》增删一字而重新收入文集，他以自己的静默，有意让半个世纪后的读者以自己的理性去评判。今天我们重读这份带有独特意义的历史文献，不能不对陈振汉先生的深刻见解和敢于担当的勇气表示敬意。

第二，教书育人、甘于淡泊的奉献精神。在献身教育、兢兢业业育人方面，陈岱孙先生是一位典范。陈岱孙先生是我国老一辈著名经济学家、教育家，经济学界一代宗师。自1927年哈佛归来，岱老先后在清华、西南联大、北大执教70载，沾溉无数学人，可谓桃李满天下。岱老学识渊深，才华盖世，却又淡泊名利，洁身自爱。操守坚贞，堪称师表。我记得1995年的初夏，北京大学为岱老举行盛大的祝寿会，岱老那天身穿玄色中山装，显得格外凝重庄严。当岱老缓步进入报告厅时，全场起立鼓掌，掌声久久不息，几代学子用这种无言的方式表达他们对一位一生无欲无求尽瘁教育的老师的由衷敬意。岱老为这次祝寿会而作的即席演讲，是我平生所听到的最为感人肺腑的讲话之一，至今难忘。岱老说："我首先要对同志们的厚谊隆情表示由衷的感谢。同时，我又感到不安和惭愧，因为同大家对我的期望和鼓励相比，我所做的工作实在太少了。时光流逝，一晃大半个世纪过去了。在过去这几十年中，我只做了一件事，就是一直在学校教书。几十年来，我有一个深刻的感受，就是看到一年年毕业同学走上工作岗位，为国家社会服务，做出成绩，感到无限的欣慰，体会到古人所说的'得天下英才而教育之，一乐也'的情趣。"岱老演讲毕，向台下郑重其事地鞠了一躬，台下又是经久不息的起立鼓掌。能将教书这个职业做到这样的境界，历史上能有几个人呢？岱老的精神，对经院数代学子和老师都有深刻的影响。

第三，精研深思、勇于创新的学术品格。 在这方面，厉以宁先生是一位优秀代表。厉以宁先生是所有制改革理论的主要代表人物，历来被论者认为是沟通中西、治学谨严、体系恢宏、独树一帜的经济学家，对中国经济学的学术发展以及中国经济改革的政策趋向均有广泛而深刻的影响力。厉以宁先生著述宏富，视野开阔，在许多领域都进行了富于独创性的研究，2009年他的国有企业股份制改革理论获得"2009中国经济理论创新奖"，他卓越的理论贡献受到肯定。厉老师不仅治学极为勤奋，涉猎面极广，学养十分丰厚，而且在学术上勇于创新，言别人所不敢言，言别人所不能言。他提出股份制改革理论，是冒着巨大风险的，而且事实上也承受了很大的压力，遭受过外界所不知的很多磨难与挑战。可是厉以宁先生从大量实地调研和理论研究入手，以自己对中国经济的深刻洞察和数十年精研深思而提出这一理论，他对自己的理论是很自信的，事实也雄辩地证明了这一点。可以说，厉以宁先生是同时代优秀经济学家当中的一个，假若以对中国经济学术界和中国经济改革决策的影响力作为衡量标准，他又是其中最杰出者之一。他以独特的理论进路、勇毅的创新精神、坚实敏锐的现实感和严密宏大的理论体系，为中国经济改革思想贡献了丰富的思想资源，确立了自己在当代中国经济思想史上的位置。但他又不仅仅是一个经济学家，以深远的忧患意识对国家命运和民生的关注，使得他的思想浸透着一种强烈的人文精神，充满终极关怀的意味。1955年，厉以宁老师填了一首词《鹧鸪天·大学毕业自勉》："溪水清清下石沟，千弯百折不回头。兼容并蓄终宽阔，若谷虚怀鱼自游。心寂寂，念休休，沉沙无意却成洲。一生治学当如此，只计耕耘莫问收。"这首诗实际上也可以说是厉老师一生治学精神的写照：百折不挠，兼收并蓄，虚怀若谷，只事耕耘而不计收获，终于成就一代大家。

坚守学者的人格操守，以淡泊虔敬的心态处世做人，以谨严诚实的态度奉献于学术，这就是经济学院百余年来数代经济学人的品格。

格局与担当

——贺北大青年经济学会十五周年

一个晚上,我与一批富有激情的年轻朋友在未名湖畔商讨有关北京大学青年经济学会(YES-PKU)的事情。我在会上讲了北京大学青年经济学会1999年创办的经过,也谈了我对于北大求学与治学的看法。那天晚上,我谈到一个北大学子所必须具备的"六有",即有格局、有愿力、有境界、有隐忍、有舍弃、有担当,与这些年轻的同人共勉。

所谓有格局,就是视野开阔,立意高远,而不是目光狭窄,只看到眼前利益。人和人之间的智商差别很小,尤其在北大,几乎人人智商超群;但是,高智商并不意味着你可以做大事。做大事必须有大格局。有位北大校长在概括北大精神特质的时候,总结了四句话:"志存高远、醇厚悠长、海纳百川、与日俱新。"我体会,其中"志存高远"就是要求北大学生有大格局,不要被眼前琐屑的功利考量所羁绊,要有更恒久、更高远的追求。

所谓有愿力,就是要发大愿,有最大的勇气,有最大的决心与意志,以达成自己高远的目标。宗教家喜欢讲发愿,一旦下定决心,即精进不已、勇往直前、愈挫愈奋、百折不回,如佛教徒玄奘,如基督徒保罗,都具有这种伟大的深沉的愿力。有多大愿力,就有多大成就;愿力不大,则很容易遇挫困顿,遇险退步,遇诱惑而丧志动摇。

所谓有境界,就是要有高尚、高雅的人格追求,不要陷于庸俗、世俗,而要超越庸俗,振拔自己的志节和格调。人格境界之高下,决定了一个人事业的高度,一个人格境界低下之人,绝无可能达到事业的最高峰。我十几年前曾经提出北大学生要学习三种知识,即"人格知识、人际知识、人文知识",其中首要在人格。人格有境界,就会散发一种极大的力量,既支撑自己又激励凝聚周围的人,其影响与感召必然深远。如陈岱孙先生身上所具备的人格力量,影响了一代又一代人,这就是人格的境界。

所谓有隐忍,就是要在追求理想的过程中,要有最大的吃苦的准备,要忍耐很多磨折,很多困苦,很多寂寞,很多别人的不解、误解以至于打击。孟子说："故天将降大任于是人也，必先苦其心志，劳其筋骨，饿其体肤，空乏其身，行拂乱其所为，所以动心忍性，曾益其所不能。""动心忍性"，就是要使其性格坚忍，有隐忍的精神。古往今来那些有大成就之人，哪个没经受过心灵和世俗的双重折磨？如果没有隐忍的精神，而是渴望一帆风顺，那就难堪大任；大任必然意味着大苦，我们要学会忍耐。

所谓有舍弃，就是要勇于舍弃一些看起来很好、但对自己追求理想有损害的东西，也就是要学会抵御诱惑，学会放弃一些利益，不要左顾右盼、患得患失。所以有人说，所谓舍得，是"有舍"才"有得"，什么你都想拥有，那么必然一无所成。要当官，就好好做官，服务人民，不要时时想着发财；要搞学问，就专心学术，心无旁骛，不要一心想着仕途诱惑。必须学会舍弃，学会对外界的诱惑说"不"，才能直道而行，不会在路途中间摇摆不定。"舍弃"的学问，比"获得"的学问大得多，学会了"舍弃"，"获得"恐怕就不那么困难了。

所谓有担当，就是要勇于担当大任。但是担当大任不是说说大话就行的，而是要从微小处做起，从小事中培育自己的担当精神。一个人在成长的过程中，要勇于任事，不要怕事，不要逃避事。只有勇于任事，才能在做事的过程中培育自己的人格，塑造自己的胸怀，锤炼自己的意志，才能在这个过程中建立自己的人际基础，从而为自己在更广大的世界里发挥作用奠定根基。这就是王阳明所说的"事上磨炼"。

培育自己的大格局，发大愿力，提升自己高远的精神境界，在生命历程中有所隐忍、有所舍弃、有所担当，这是一个人能够承担重任的必要前提。

2008 年 5 月 18 日

为生命进行庄严而静默的奠基

——母校莱州一中百年校庆感怀

母校莱州一中即将迎来百岁华诞,四方学子,无不欢欣。母校诞生于祖国晨昏相继弃旧图新之际。1905年,清廷废科举立学校,母校始得创基,此后一个世纪,母校阅尽沧桑世事,校址几经迁易,而规模日见宏大,优秀学子广布海内外。遥想当年先贤筚路蓝缕、创业维艰的情景,内心充满崇敬感激之情。东莱之地,自古以来文风鼎盛,而母校百年以来的发展壮大,更为东莱古邑的文化绵续写下了厚重而绚烂的篇章。

从母校毕业十五年来,每每回想往事,始终觉得,莱州一中的三年读书时光,是我生命里最为充实、最为宝贵也是最值得感念的一段。在这三年里,心智逐渐成熟,志向逐渐坚定,生命的轨迹逐渐清晰;在这三年之中,似乎一切皆在进行庄严而静默的奠基,所有的少年,皆在这里扯开生命的帆篷,等待将来更为艰辛漫长的远航;在这三年之中,一个个不谙世事的少年开始成长,心灵慢慢地成熟壮大。感谢母校,她给予我们的不仅是知识和学问,更有心灵之淬炼,人格之提升,处世之智慧。

一个学校的兴盛,有赖于一代代兢兢业业授业传道的优秀教师。"得天下英才而教育之",这是每一个教育者最衷心的愿望和最崇高的使命。现在回想起母校那些性格鲜明、才华横溢的老师,感到格外亲切温暖:满腹经纶、出口成章的的语文老师;精力充沛、才智过人的化学老师;思维敏捷、博闻强记的历史老师;严正刚毅、诲人不倦的级部主任;学识渊博、幽默平易的地理老师;还有当年刚刚任教、风华正茂、严谨敬业的英语老师……先生们的才华、智慧和风范,对学生的影响是潜移默化、深远而持久的。他们是传道者,是启蒙者,更是引路者,在每一个少年心灵成长最为迅猛的时期,他们以自己的人格与智慧为这些小树做了最用心的浇灌。春风化雨,润物无声,我从心底里感激老师们,并真诚地祝福他们。

母校的校训是"诚勇",现镌刻在校门口,成为历届莱州一中学生共同遵守的生命信条。"诚勇"二字意义深远,"诚"者,"勤恳、敬慎、朴实","勇"者,"坚苦、进取、果毅"。莱州一中的学生,很多出身农家,才华横溢又朴实无华、刻苦自励,无形之中共同造就了一种质朴刚毅的校风。母校所教给我们的,是用自己的刻苦奋发来获得他人的认可与尊重,是通过付出辛勤汗水来获得成功与骄傲;她教会我们看重踏实与勤恳的品质,而鄙视浮躁、虚夸与自满。记得有一年,我们在礼堂听报告,我对报告人的一席话感触很深,他引用了两句诗:"年将弱冠非童子,学不成名岂丈夫。"我当时还把这两句诗抄在班级的黑板报上。那种奋发向上勇于进取的精神,已经渗透在历届学生的心灵深处。

母校已经走过一百年的辉煌历程,新校区的开辟与扩建,标志着母校的发展更上层楼。我为母校的成绩自豪,同时,也对母校寄予更深的期待。我们期望母校发扬"诚勇"的校训,高瞻远瞩,与时俱进,以现代化的宏大眼光,培养出更多具备开阔胸怀与创新精神的优秀学子;我们期望母校不以升学率为唯一目标,而是着眼于素质教育,培植多元、活泼、开放的校风,使新一代学子能从容应对未来社会激烈竞争的挑战;我们期望母校不仅造就出高分数的学生，更造就出人格健全的学生，造就出自信、坚毅、目光远大、心灵自由而高尚的学生。

此文写毕，已是拂晓时分，赋诗一首，遥庆母校百年华诞：

> 百年沧桑育英才，
> 桃李芬芳次第开。
> 煌煌史迹慕先贤，
> 郁郁文风数东莱。
> 授业有道传薪火，
> 润物无声起讲台。
> 同学少年青春好，
> 弦诵依稀动梦怀。

2005 年 6 月 18 日

经济学家的使命[1]

中国正处在一个经济制度和社会形态急剧变迁的时代。生活在这个时代的经济学家无疑是幸运的,前所未有的大规模的制度变迁为他们的学术研究提供了取之不竭的灵感源泉,而这个时代所一致崇尚和认同的开放姿态和多元观念,则为经济学家营造了一种空前自由和宽松的思想空间。

不是所有时代的经济学家都有这样的际遇。我们这个时代的经济学家既躬逢盛世,就不能辜负这个时代所赐予的一切。事实上,经济学家作为社会科学中最活跃、最有

---

[1] 本文是作者为"北斗星经济学文丛"所写的序言。

影响力的群体，正以其创造性的学术成果、广泛的社会渗透性和经济学家所秉持的独特的价值观，印证着自己的智慧力量，并对中国正在进行的经济与社会制度变迁产生着清晰可见的影响。

但整个社会也对经济学家提出了更高的期望。一些为利益集团代言、视上级意志为圭臬的"经济学家"使经济学家群体丧失了社会公信。经济学家首先应该是崇尚理性的社会科学家，经济学应该始终洋溢着理性的力量。经济学家应始终用理性的思考和冷静的判断，审视这个世界所发生的经济社会事实，而不是以自己的情感或各种利益集团的标准施加判断；经济学家崇尚事实与真理，而不应被世俗观念所左右。叔本华说："只有真理是我的北斗星"（叔本华《作为意志和表象的世界》），经济学家也始终是真理的信徒。

在张扬理性精神的同时，经济学家同样应该始终坚守经济学的人文立场和人文关怀。现代经济学的一个根本缺陷，在于人文精神的缺失，这使得经济尽管在分析技巧上获得重大进展，但由于对"人的意义"这一重大问题的忽视和解释乏力，最终仍不能使自身超越古典作家所提出的经济学根本问题（阿玛蒂亚·森《经济学和伦理学》）。我们应努力使经济学避免陷入笛卡儿所说的"工具理性"。经济学应该始终关注人，关注人的生存和自身困境，关注人的全面发展。经济学要走向现代化，就必须使经济学的人文关怀与理性精神并驾齐驱，相得益彰。

经济学家应该为思想界和整个社会提供有价值的思想成果。而经济学家要保持自身的思想优势，就应对经济学中日益泛滥的形式主义倾向时刻保持足够的警惕。美国思想家爱默生说："时代仿佛传染了哈姆雷特的忧郁，'思想上的黯淡使她憔悴'。"而时下的经济学界，似乎也正面临着这样的醉心于形式主义而思想上黯淡的时光，面对爱默生所说的"学者应该是思想着的人"（爱默生《论美国学者》）的境界，面对经济学的"贫困化"，经济学家仍有集体反思的必要。

事实上，经济学在其整个发展进程中都得益于这种深刻的自我反思，而每一次重大的反思，都引起了经济学研究范式与经济学理论的重大革命。反思是批判性的，但反思更是建设性的。对经济学的反思不是要摧毁经济学的根基，恰恰相反，任何建设性反思的着眼点都是经济学更为健康、更为长远的发展。而经济学的全部活力和魅力，也在于经济学家自身对经济学的清醒的批判性和建设性的反思。

很多人在批评经济学教条对真实世界的漠视，确实，经济学家不能脱离我们所处的时代，而应该对我们这个时代具有敏锐的学术感觉。经济学家应该关注现实世界，经济学始终是时代发展的产物，对现实世界的敏感性是经济学发展的最基本前提。正如萨缪尔森所说的："经济学本质上是一门发展的科学，它的变化反映了社会经济趋势的变化"（萨缪尔森《经济学》）。经济学应该是"真实世界的经济学"，而不是书斋中闭门造车的产物。

因而经济学家应该始终珍视与公众的沟通与交流。经济学作为社会启蒙的科学，正是通过与公众的沟通和渗透而影响到"公共观点"，从而对公共决策和集体行为施加深刻的影响（弗里德曼《经济学和政治学中的看不见的手》）。经济学不应该成为经济学家们自言自语孤芳自赏的贵族学问，而应该进入大众的视野之中，架起经济学家与公众沟通的桥梁。经济学中繁复的数学修辞和孤僻的术语，阻碍了经济学家与公众的交流，这使经济学有逐渐淡出公众视野的危险。我们应该警惕经济学成为"黑板经济学"和"书斋经济学"，经济学的大众化不但不是经济学的庸俗化，反而恰恰是经济学实现其社会启蒙功能的最佳道路。

经济学的未来发展还有赖于经济学的开放性。经济学以其特有的分析方法，正在逐渐进入越来越多的社会科学领域，这对经济学自身学术疆域的拓展有着积极的意义；但是经济学也正因为这种开疆拓土而使得社会科学领域内众多学者发出"经济学帝国主义"的讥评。经济学的未来发展，有赖于经济学以一种恢宏的开放的姿态，以一种平等的谦逊的对话的方式，从社会学、政治学、法学、史学等学科中汲取有益的思想资源，展开真正的有价值的科际互动。这种科际互动，不但开拓了经济学家的视野，而且极有可能为经济学范式的变革孕育宝贵的机会。面对其他社会科学，我们需要开放的经济学，而不是封闭的经济学；我们需要谦逊的经济学家，而不是傲慢的经济学家。

经济学理性精神与人文关怀的结合、对思想性的重新关注、理论建构与现实敏感性的统一、批判性和建设性的反思精神、与公众的有益沟通与社会启蒙、开放性的科际对话，这些理念构成笔者对中国经济学发展的基本观点。除此之外，在经济学研究和经济学的学术批评中，我觉得应特别强调学术研究中学者的学术人格的独立和心灵的自由。"独立之精神，自由之思想"（陈寅恪《王观堂先生纪念碑铭》），健全的学术人格，是每一位真正的学人在学术研究中必然崇尚和向往的精神境界；同时，应强调学术探讨中宽容开放的胸襟和中国文化传统中"和而不同"(《论语》)的学术气度。对于不同的价值取向、不同的学术理念、不同的研究范式，我们应秉承海纳百川的精神，在宽容中相互批评，在争议中相互汲取。不同学派、不同学科、不同立场间客观、冷静、理性的学术批评，是学术健康发展的必要条件，也是建立学术规范、净化学术环境的最好途径。

2005 年 3 月

幸福的经济学

引子：幸福是一个说不清的东西

萧伯纳（George Bernard Shaw）曾经说了一句被广泛引用、令经济学家很受用的名言，他说："经济学是一门使人幸福的科学。"我不知道他是在何种意义上对经济学作出这样的评价的。不过，经济学家在幸福这个问题上所作出的贡献实在是微不足道。与哲学家、伦理学家、心理学家和社会学家相比，经济学家似乎并没有在幸福这个命题上作出多少实质性的知识贡献。哲学家和伦理学家对幸福问题的关注由来已久，从欧洲的古希腊时代、中国的先秦时代以及印度的孔雀王朝时代开始，哲学家对幸福问题就进行了烦琐然而却是有益的探索。

但是谁能够说清楚幸福是什么呢？幸福是一个无所不包的、几乎可以涵盖一切伦理学概念的术语，那些关于公平、公正、正义、自由、爱、灵魂、财富、信仰、道德的讨论，几乎都是以幸福作为背景来进行的，但是并没有人真正对幸福下过一个令大家都满意的定义。亚里士多德认为幸福是"至善"，在所有哲学命题中，只有幸福这种价值才是终极的和充分的，其他范畴都是获得幸福这种价值的手段或者方式。亚里士多德对德性的重视使得幸福的概念更多地与行为的正确性与合宜性联系在一起，而不是与世俗的享乐与感官的享用相对接。在中世纪的宗教氛围下，像阿奎那这样的基督教哲学家则更直接地强调幸福与上帝之间的联系，实际上，这种联系不过是亚里士多德的幸福论合乎逻辑的延伸而已。幸福在这些宗教哲学家那里，不仅是人的自我满足，还意味着信仰的满足，意味着在人之上的神性的满足。中国的古典哲学家，以儒家为代表，几乎也同样强调道德体系在人类幸福中的重要作用,孔子不是将"乐"（幸福）排除在人类追求之外，而是承认人类追求"乐"的正当性，但同时又强调"仁、义、礼、智"等伦理规范在追求"乐"中的主导作用。孔子将幸福置于整个社会网络和社会关系中去审察,这种视角对我们今天认识幸福都有极为重要的方法论意义。

两千年以来,幸福这个玩意儿让哲学家和伦理学家们伤透了脑筋。意见的纷纭简直到了无以复加的程度。单就财富与幸福的关系而言,享乐主义者与禁欲主义者千百年来就一直各执一词。享乐主义者认为幸福就是各种感官享受的快乐。古希腊最著名的享乐主义者阿里斯底波把物质的享乐主义发挥到了极致。据说他依附一位僭主过活,一次,这位僭主当着众人的面向他的脸上吐了一口唾沫,他从容不迫若无其事地抹掉,并且替自己打圆场说:"渔夫在海里打鱼,难免会有海水溅到脸上,我从他那里拿到那么多钱,享受到那么多的快乐,他吐我脸上几滴水珠又有什么?"在阿里斯底波的幸福论里,伦理道德的维度是完全缺失的。

而一个禁欲主义者则持有相反的看法。中国的禁欲主义者墨子,生活上的刻苦自励也已经到了无以复加的程度,而古希腊犬儒学派的安提斯泰尼更是宣扬"无欲是神圣的"。据说,安提斯泰尼"只穿一件衣服,手拿一根棍子和一只皮袋",居住在破庙的回廊、草堆、狗窝等,真是居无定所,像狗一样四处游荡。安提斯泰尼的幸福观,完全排斥了物质主义,似乎又走到了另一个极端。

到底什么是幸福？幸福跟物质财富、社会环境、公共制度、心理感受等到底是什么关系？在哲学家、伦理学家、心理学家之后，经济学家也开始关注起幸福这个命题；这个变化本身，也许透露出一些对于经济学的变革而言非常重要的信息。《幸福与经济学》这本书的出现以及其他经济学家关于幸福问题的深入探讨，从某种意义上来说预示着经济学方法论和分析范式的转型，也意味着经济学正在重新回到它应该讨论的核心命题。

一、经济学家对幸福的关注：
从亚当·斯密到阿玛蒂亚·森

经济学家怎么讨论起幸福来了？这不是经济学帝国主义的一种表现吗？是的，经济学家讨论幸福似乎有些侵占哲学家和伦理学家地盘的味道，难怪哲学家和伦理学家认为经济学家讨论幸福问题是不务正业。可是经济学家不该讨论幸福问题吗？苏格拉底说：各种学问，其最根本的目的，是要解决"人怎样活着"的问题；把这个"苏格拉底命题"换个说法，就是各种学问，其最根本的使命，是如何使人类生活幸福的问题,是如何增进人类福祉的问题。经济学作为研究人类行为的科学,其根本目的也是研究人类的行为如何才能增进人类幸福的问题,而不是传统上所定义的"研究稀缺资源的合理有效配置"。因为稀缺资源的有效配置,归根结底也是为了人类的幸福。

实际上,从现代经济学诞生的那一天起,幸福一直是这门学科研究的核心问题,只是在最近几十年以来,经济学的形式主义逐渐发达,掩盖了对于幸福这个本质命题的关注。斯密作为公认的现代经济学的开山,在他的经济学思想的框架里,幸福,或者说人类的福祉一直是个核心的问题。在《国富论》里,他并没有将财富作为核心的唯一的研究目标,而是认为人类经济行为的核心价值是社会的和谐与人类福祉的提升。斯密在《国富论》中还令人信服地论证了人类幸福与收入的关系。他认为,在某一个极限点,高收入对一个人的幸福根本不起作用;斯密将更多的关注投向人类幸福的道德维度。到现代为止,我认为斯密的这个观点都可以算是古典经济学的最重要的思想精髓。

马克思作为一个经济学家对幸福问题的关注更多地投向幸福的社会性层面。在马克思的经济学框架里,幸福首先意味着人类在精神和物质上的全面发展与自由,而在幸福的终极价值领域里，平等、自由、和谐都应该是最重要的组成部分和先决条件。在马克思的幸福观里，有着古典经济学一脉相传的对于人类尊严的关注。很多人将马克思的经济学教条化和简单化了，实际上，马克思经济学就其本质而言，是对古典经济学精神的一种合理的延续和特定历史阶段的拓展。

20世纪下半叶以来，经济学中的福利主义学派开始成为一种新鲜的潮流，这些福利主义经济学家开始关注人的福利问题，开始反省人类财富的增加对于人类的终极意义。我下面还会仔细探讨福利主义经济学内在的一种悖论。这里，我只想指出，福利经济学在方法上没有超出新古典经济学的范畴，因而它并没有为经济学探讨幸福问题开出一种革命性的道路。

20世纪下半叶直至现在，阿玛蒂亚·森作为一个经济学家对于幸福问题的讨论最具有代表性，森的结论和方法同时对经济学的现代转型作出了卓越的贡献。在《伦理学与经济学》《以自由看待发展》《贫困与饥荒》等经典著作中，森一直在拓展他关于人类幸福的理论，这些带有浓厚人文主义气息的讨论在现代经济学发展史中显得那么鹤立鸡群，因而也就显得如此稀有而弥足珍贵。森把人类的幸福更多地归结为人类选择自由的拓展以及人类能力自由的提升。从某种意义上来说,森又回到了经济学的古典精神,即关注人的全面发展,关注人的福利和幸福,关注普遍的人类命运,而不是仅仅关注经济增长和资源配置。同时,从方法论的角度来讲,森一直试图在他的分析框架中更多地加入伦理视角和哲学视角,对原有的新古典范式和福利经济学命题多有中肯的批判。

二、经济学中的效用与幸福

现代经济学尤其是新古典经济学的分析基础是效用。通过效用这个概念,经济学家建立了一个看似精致然而内部却漏洞百出的经济学大厦。效用又分为基数效用和序数效用。早在20世纪30年代,尤其是经过罗宾斯的决定性贡献,经济学家已经在这一点上达成了一致意见:人类效用不能被基数性衡量与评估。效用是一个主观的概念,涉及每一个人对于自身满足感和幸福的主观判断。因此效用只是每个人选择决策时的考虑因素,而不可能成为相互之间进行比较的变量。

有一个故事非常有趣地表示出效用的不可比较性。一个富人正在沙滩上享受大海的美景、晴朗的天空和温暖的阳光。此时,他身边躺着一个不名一文的年轻的流浪汉。富人对这个年轻的流浪汉说:"年轻人,你要到外面的世界去奋斗啊。"年轻的流浪汉问:"我为什么要去努力奋斗呢?"富人说:"努力奋斗才能获得更多的财富啊。"年轻的流浪汉又问:"获得更多的财富又是为什么呢?"富人说:"获得更多的财富你才能到海边度假,享受这里的海滩和阳光啊。"年轻人反问道:"那么,你认为我现在正在做什么呢?"

这个年轻的流浪汉对富人的诘问使富人无言以对。对于富人而言,巨大的财富的效用显然很高,他的全部生活的目的就是为了占有和获取巨大的财富,然后比他人获得更多的享乐。然而在这个年轻的流浪汉看来,财富并不是通往更多的快乐的关键,快乐与财富之间的关联非常微弱。显然,在富人和流浪汉之间,对财富这种东西的效用的判断,是完全不同的。

现代经济学已经证明,建立在基数效用基础上的分析并不是经济学理论中必要的组成部分,而建立在序数效用基础上的偏好显示和选择行为,才是构成经济学大厦的必要基石。每个人的内心状态和价值判断都不相同,因此基数效用在操作上完全不可行。序数效用论决定了每个人内心的偏好顺序，这种偏好顺序又由消费者无差异曲线表示出来，因而也就合乎逻辑地以偏好指数建立了需求理论的基础。这是希克斯和艾伦在20世纪30年代早就证明了的，萨缪尔森更是认为效用就是偏好，并通过偏好和选择行为建立了标准的经济学理论。

福利经济学也是建立在效用这个基本概念上的。福利经济学拒绝了个人之间的效用比较，因此在其分析框架中，最有用的概念莫过于帕累托最优。帕累托最优指的是这样一种社会状态：当且仅当不减少其他人的效用就无法增加任何一个人的效用时，这种社会状态就称之为帕累托最优。对此，阿玛蒂亚·森做出了这样的评论："如果不分享富人的奢侈荣华，穷人就无法快乐自在；那么，随着一部分人的极度贫困和另一些人的极度奢华，这种社会状态也可以被称为帕累托最优。"森对帕累托最优这个福利经济学核心概念的讽刺在很多经济学家那里获得了共识。帕累托最优仅仅关注经济效率方面的最优化，而没有关注效用分配方面的最优化。没有了效用分配的最优化，没有了人类之间的平等感和满足感，仅仅靠经济效率能够实现人类幸福的最大化吗？

幸福与效用不是等同的概念，幸福感来源于与其他人的比较，这一点已经被心理学家和伦理学家所证明。一个赤贫的不幸的人，在社会网络中的地位十分低下，他对自己未来生活的期望也十分有限，这些人更容易满足于清贫的生活，而生活的每一点微小的改善都可能给他带来巨大的效用和满足感。在这个清贫的人身上，效用获得了巨大的满足，但是我们仍然很难把他看作是幸福的。那些地位微贱的人，乞丐、没有任何社会保障的劳动者以及贫困的妇女，他们常常承受着巨大的压力，每一点生活改善都会使他们感到快乐，而且他们还随时准备着承受更大的不幸。效用并不能充分代表人的幸福和福利，效用也不是我们在分析人类行为中最好的概念。以效用为核心概念的福利经济学因为对效用概念的滥用而做出很多带有误导性的结论。

在《幸福与经济学》这本书中，作者充分显示了效用和幸福这两个概念之间关系的复杂性。从一方面而言，效用和幸福对于每一个人而言都是独特的，每个人根据自己的历史经验、社会地位、偏好指数以及预期来判断效用和幸福。因此，当一个生活在中国农村的妇女声称自己"感到非常幸福并对未来充满希望"，而一个生活在城市里的中产阶层职业女性声称自己"感到并不幸福而且对未来很悲观"的时候，你一点不用感到惊讶。但是这是否说明幸福是完全主观的、不可计量的、不可验证的概念呢？实验心理学和行为经济学的一些最新成果表明，在某种条件下，我们可能有希望比较精确地衡量幸福，当然幸福衡量的指数体系本身也具有某种主观性。同时，运用对幸福的自我报告而搜集的经验数据，对于我们比较不同人群的幸福感的差异也是有帮助的。因此，尽管我们必须承认幸福的主观性和不可计量性，也必须承认，在一定条件下，我们也可以获得若干被广泛接受的要素，来比较不同人的幸福感。不过，对于那种通过快乐仪（hedonometer）来测量人的主观幸福的生理学方法，我却有些保留意见。生理学意义上的幸福，虽然具有一定的意义，但是它只有在被置于社会性视角内的时候才具有意义，否则与单纯的动物性快乐没有任何区别。

三、经济学家怎样讨论幸福

下面我们该谈谈经济学家怎样讨论幸福了。从影响人类幸福的诸种要素而言，经济因素仅仅是其中一部分而绝非全部。这些因素包括：个性因素，如自尊、自控、乐观、外向和精神健康；社会人口因素，如年龄、性别、婚姻状况和教育水平；经济因素，如个人收入、总体收入、失业和通货膨胀；情形性因素，如具体就业和工作条件、工作单位的压力、与同事亲戚朋友的人际关系以及生活条件和健康状况；体制性因素，如权力的分散程度和公民直接参与公共政策的权利等。

经济学家显然会更多地关注影响幸福的经济因素，如收入（包括国民收入和个人收入）、通货膨胀、就业、分配以及自由交易。在所有这些因素中，收入、通货膨胀、就业这三个因素的影响是比较显著的。但是这些因素对幸福的影响并不是一种线性的关系，而是呈现出一种多元的结构，有时经验研究的结果令人惊讶而发人深省。比如，尽管很多经济学家理所当然地认为幸福随着收入的增加而增加，但是也有很多经济学家反对这种武断的说法。加尔布雷斯（John Kenneth Galbraith，1958）、伊斯特林（Richard Easterlin，1974）和西托夫斯基（Tibor Scitovsky，1976）都曾宣称收入与幸福之间不存在那种直接的关系。这就涉及几个最为关键的问题：第一，富足国家的人们是否比那些贫困国家的人们更幸福？第二，是否收入的增加在长远时间里会提高幸福水平？第三，在一个国家里，那些高收入的人是否比那些低收入者更幸福？

答案是复杂的。经济学家运用大量的经验研究证实了生活富足的国家确实比贫穷国家的人民有更大的幸福感。但是平均生活满意度并不是财富的简单线性增函数，而是呈现出这样一种曲线关系：在较低的发展水平，收入的增加能够显著地有助于幸福度的提高，但一旦达到某种限值水平之后，收入对幸福只有很少或者根本没有任何效应。在《幸福与经济学》一书中，收入对幸福的积极效应与社会体制以及公民权利的普遍受到尊重有着密切的关系。同时，反向的因果关系也存在，即生活满意度和幸福感越强的国家，其公民工作努力程度也越强，从而体现出更大的创造性和进取心，进而带来更高的收入水平。

但是问题没有这么简单。经验表明，在最近的几十年中，美国的人均收入有着明显的增加，但在同一时期内，那些认为自己"非常幸福"的人的比例却显著下降了，收入与幸福呈现一种剪刀差的关系。我们不能简单地把这种现象归结为"金钱不能买来幸福"，因为这种幸福感递减的现象与一个人的抱负水平和期望值有关系。当一个人最初收入产生增加时，它给这个人带来的幸福感会非常显著，但当这个人的抱负水平和期望水平随之调整时,这种幸福感就会慢慢消失。

对于第三个问题,在一个国家中,民众的幸福水平与收入也存在着某种积极的关系,尤其在较低的收入水平下,这种随着收入提高而带来的幸福增进就越显著。但是在瑞士却存在着相反的情况,即高收入群体的主观报告幸福竟然比低收入者要低。相对收入理论和适应调整理论都可以对此做出解释。

经济学家还对通货膨胀和失业对人类幸福的影响进行了大量的实证研究。经济学家在研究经济因素对人类福祉的影响时,其方法更多地依赖于客观数据,这些数据既包括总量的统计数据,也包括经济学家在问卷调查和实验中所获得的个体数据。客观地说,经济学家的方法是单一的,在解释这些经济因素与主观福祉之间的相关关系时有时不可避免地带有直觉的成分。

四、不幸福的经济学与人类的命运

经济学的一个基本假定是人类的理性,这种理性意味着人们总是会充分运用自己的所有资源禀赋来达到自身效用的最大化。换句话说，人类能够运用自己的理性使其幸福最大化。但是很不幸，大量的心理学和行为科学的研究成果都证明，人类是很不理性的，有时人类是完全非理性的，至少人类是有限理性的，不是完全理性的。

在很多时候，人的理性还存在着这样的悖论，即每一个人的看起来非常理性的行为，会引发集体的非理性。从每一个个体而言，我们似乎都是在"看不见的手"引导下的理性人，可是全体理性人的行为的总和，却是一个非常不理性的结果。理性的过程与不理性的结果荒谬地共存，这实在是一个非常值得深思的现象。

人类的很多不幸福就是来自人类的非理性、有限理性和集体无理性。比如，农民为了获得较高的农作物产量，在自己的耕地里施用大量的化学肥料。这些化学肥料使得农产品的产量激增，给农民带来更多的收入，同时也刺激了化学肥料产业的繁荣。因此，整个国家的国民生产总值和人均收入都有所提高。但是同时，这种似乎理性的行为却带来食物质量的下降，导致人类的健康水平降低，使得很多人受到疾病甚至残疾的折磨，从而极大地降低了人类的幸福水平。个体的理性行为在给整个经济带来更多经济效率和产值的同时，却显著降低了人类的总体幸福水平。从无数诸如此类的例子中可以获得一个比较保险的结论：自利最大化的理性行为能够增进人类幸福是一个危险的假设。它有可能把人类引向一个完全相反的命运。

不幸福的经济学中还常常会涉及人类社会对于经济总量的荒谬计算。一个经常被提到的有趣例子是：有两位母亲，原来各自在家中抚养自己的孩子，因为是自己的孩子，所以母亲尽心尽力，孩子们也充分地享受着母爱和幸福，但国民经济不会因为她们的劳动而产生任何变化。后来，这两位母亲来到劳动力市场，双双作为保姆彼此到对方家里照管对方的孩子，她们的劳动因此而产生了经济效益，当地的国民生产总值也因此得到了相应的提高，但双方的孩子享受到的只是保姆而不是母亲的抚养。孩子难以获得母亲的呵护，母亲难以找到注视孩子成长的幸福感，整个社会的幸福感减少了，经济总量却提高了。

还有一个被广泛引用的例子：一位瑞士的经济学家曾经在一次坐飞机的时候突发奇想，如果自己乘坐的飞机失事，自己的公司就将获得巨额保险，而这笔资金将让公司获得持续发展，解决更多人的就业问题，让员工福利增加，然后增进消费，经济会因自己的不幸而获得发展。

由以上两个例子就可以看出，经济学家不仅要研究经济总量和收入水平的绝对规模，还应该探讨经济总量和收入的结构和源泉，否则，经济总量的增加并不会带来民众主观福祉的增加。如果经济增长带来的后果是人类幸福水平的降低，那么这样的增长有什么意义呢？从幸福视角审视经济增长，我们的很多发展战略和模式都应该进行应有的反省。

五、幸福的多维视角：
心理学、社会学与政治学

在《幸福与经济学》中，作者不仅从经济学的角度探讨了经济因素（收入、失业、通货膨胀、消费等）对幸福的影响，而且在其分析框架中更多地汲取了心理学、社会学和政治学的研究成果和分析范式，从而对幸福研究做了有意义的拓展。

对失业者的主观福祉的探讨很大程度上要依赖于心理学方法。宏观经济学理论创造了"自愿失业"的概念：当一个人觉得工作时所获薪水和负担不如失业时所获失业福利和休闲更合算的时候,他就会选择失业。而传统新古典宏观经济学认为非自愿失业是一种非均衡的、短暂的现象,政府不应该介入经济,不应以增加总需求的方法来促进就业。但是心理学的研究表明,失业者面临着明显的幸福损失,失业对失业者的幸福水平产生实质性的消极效应。《幸福与经济学》的作者对瑞士的经验研究证实了这一结论。失业者遭受的收入损失、心理损失和社会损失应该被综合起来考虑。就其心理损失而言,失业会产生压抑与焦虑,甚至会导致自尊的丧失,对很多人来说,失业意味着沉重的打击,即使这个人所在的国家有很好的社会福利保障。失业者的心理健康、身体健康状况较就业者差,而其死亡率和自杀率较高,他们更趋向于酗酒和其他非正当的行为。经验研究还表明,男人和受过较好教育的人失业后所面临的幸福损失会更大。失业者面临的社会损失也很大,他们在社会中的地位会因失业而下降,其社会关系和社会网络也会遭到破坏,因此对失业者的幸福感有着致命的影响。这些结论,与新古典宏观经济学的论点形成了鲜明的对比。

社会学的视角在幸福研究中的地位是不言而喻的。收入、失业、通货膨胀、消费等经济变量对人类幸福的影响,并不是一种简单的绝对值所能够计算的。在很多时候,人类幸福感的源泉是通过在一个社会群体中的相互比较而获得的。人类在婚姻、家庭、社群、宗教团体中所获得的幸福感会比单一的个体所获得的幸福感要多。在《幸福与经济学》中，作者认为，亚里士多德把人定义为"群居动物"或"社会动物"以强调人际关系的重要性的做法是非常正确的。实验性的发现已经证明，拥有一种长久亲密的关系是大多数人所追求的主要目标之一。拥有亲密的朋友、事业伙伴、亲戚、稳定的婚姻和家庭关系，或者作为某个团体（如事业团体、兴趣团体和教会等）的成员，会给一个人带来极大的幸福感。

从社会学意义上来说，信仰和幸福之间存在的积极关系已经被大量实验结论所证实。当其他变量（如婚姻、收入、年龄、健康等）得到控制时，宗教信仰对一个人的福祉感受的正面影响是明显的。《幸福与经济学》的作者认为，从社会学角度来看，教堂参与是社会支持的一个重要来源，尤其是那些已经失去其他支持的人（诸如老年人、鳏寡孤独者），宗教活动中他们感受到的共融与沟通能够给他们带来有效的替代式的心理安慰。同时，宗教也是一种"解释性框架"，使得人的社会行为和社会生活获得一种确定的意义和目标。宗教信仰者更加珍视生活，其行为更具有合宜性，他们很少放纵自己的欲望,很少酗酒、吸烟与滥交,因此他们的社会形象和社会关系良好。因此,如果从人类的社会关系角度去审视宗教信仰,我们可以发现,正当的宗教信仰会对一个人的幸福感有积极的提升,这种幸福感合乎逻辑地会对一个社会的整体和谐带来积极的影响。

政治学的视角对研究幸福问题也是有益的,而这一点恰恰是《幸福与经济学》这本书的精华所在。经济学家并不忽视公共选择过程和公共行为对人类幸福的重要性。在大多数情况下,公民对政策效果的评价、公共决策程序的民主性和参与性、公共政策执行者和制订者的受欢迎程度、公民权利的受尊重程度等,都会对一个社会中公民的主观幸福造成影响。在《幸福与经济学》中,作者谈到美国公民对政府信赖度的下降以及公民参与选举程度的下降,这些现象可能显示出美国公民对美国总体的公共政策、政府信誉以及政治制度有一种消极的评价。而在欧洲运作良好的民主制国家中,对政府的信赖以及由此带来的人们的幸福水平都比美国高。经济体制和公共决策体制对人们的主观幸福有着重要的影响,作者对瑞士26个在公民直接参与和政治地方分权程度有着很大差异的州所做的研究表明,在存在更为广泛的公共决策民主参与和地方分权更加良好的州，人们的主观福祉明显要高。

结语：经济学的最终使命与"苏格拉底命题"

幸福也许是人类所面临的最复杂的问题之一。经济学家在很长的发展过程中，已经严重忽视了对幸福问题的关注。经济学研究的对象是人，因此研究人类的幸福应该是经济学研究的题中应有之义。正像阿玛蒂亚·森所指出的，经济学还是应该回到它的出发之地，不管经济学如何发展，它总要回答两千年前苏格拉底提出的命题，即"人应该怎样活着"的问题。经济学最终要回答的是人类如何才会幸福的问题，是人类如何才能避免不幸福的问题。

经济学家到了该关注幸福问题的时候了。就像一个轮回，经济学在徘徊了两百年之后又回到了它的出发点。新古典经济学的一些陈腐的教条必须被抛弃，其合理的方法论内核还可以继续发挥作用。在面对幸福这样一个深沉的、凝重的、广阔的、极具历史感和哲学感的题目时，经济学家再也不能怀着一种骄傲的"经济学帝国主义情结"了。经济学家的目光不得不变得开阔而宽容，他们不得不向哲学家、社会学家、心理学家和政治学家学习，向他们寻求方法论和理念上的支持,与他们进行更具建设性的有效的沟通。这也同时意味着,经济学对幸福问题的研究,有可能开启一场经济学方法论上的实质性的革命。

      2006年10月3日写于西二旗寓所

经济学的反思与回归

引子:经济学的争议和经济学家的反省

英国著名作家萧伯纳曾经这样评价经济学家群体的分裂程度,他说:"即使把所有经济学家首尾相接地排成一队,他们也达不成一个共识。"曼昆(N. G. Mankiw)在《经济学原理》开篇就引用了这句名言,确实,当下经济学正在面临着前所未有的激烈的争议和分歧。这些争议有些是来自经济学家内部的"倒戈"行为。那些对传统经济学教条反感的经济学家,正在不遗余力地从经济学阵营内部发起冲击,试图以批判性的重构行为使经济学获得新生。这些有点另类的经济学家到处宣扬经济学的无能,揭经济学的

"伤疤",好像不受欢迎的牛虻。可是正是这些牛虻,刺激了原有的根深蒂固的经济学教条的神经,使主流经济学得以一步步改进。

有些争议则来自更为广泛的公众。政府官员、社会大众、传媒和企业家们,对经济学的思想处于一种隔膜状态,在道听途说中了解到经济学的一些有趣的术语和结论,于是便充满好奇又充满挑剔地审视经济学的"神秘王国"。当撒切尔夫人不顾数百位经济学家的意见而执意执行她的反潮流政策的时候,当这些政策最终证明了经济学家集体错误的时候,政府官员和公众对经济学家普遍的不信任甚至嘲讽就开始了。当获得诺贝尔奖的经济学家运用自己发明的公式和方法在资本市场上面临破产的时候,你还能指望公众对经济学家产生任何虔诚的信任吗?经济学家是否有用?经济学家能够做出正确的判断吗?经济学究竟是一门科学还是一门屠龙术式的学问?面对公众的指责、质疑和嘲笑,经济学家群体面临一种异常尴尬的境况。

还有一些争议来自社会科学界的同行们。社会学家、法学家、政治学家和历史学家听到"经济学帝国主义"这个词就顿生反感,而有些半斤八两的经济学家却仍然坚持在各个场合宣传这个蹩脚的术语,这个术语除了激起社会科学界同行的集体反击和嘲讽之外毫无其他效果。经济学成为显学,也许并不是由于经济学家集体的特别勤奋与聪明,也许也不是由于经济学天生具有某种神秘的法术,而是因为社会发展趋势所提供的特别的历史机遇和经济学方法本身所具有的张力与开放性。经济学家在学会谦虚之前,在学会心平气和地学习其他社会科学的长处之前,在学会努力从其他社会科学汲取方法论上的养分之前,是不会有任何出路的。

但是大部分经济学家仍然无视这些争议,而陶醉在一种持续了几十年的优越感中。他们还在津津乐道一些有利于经济学家群体的论据,这些论据也是由经济学家自己发明的。比如被广泛引用的现代宏观经济学的奠基人凯恩斯(J. M. Keynes,1883—1946)的一段话:"从事实际事务的人相信他们自己完全能够免受任何智者的影响,但他们却往往是某些已故经济学家的奴隶。当政的狂人自以为凭空可获得政见,然而他们的狂想却往往是从数年以前某些经济学者的思想中汲取而来。"经济学家为此骄傲不已。可是凯恩斯的话却不能否认一个事实,即从事实际事务的人也从其他社会科学的成果中汲取大量智慧。

经济学家应该学会反省,也到了必须反省的时候了。

公众对经济学的不信任已经积累到差不多爆发的程度。经济学家在各个场合的讲演已经不像以前受到那么多的关注和盲目信仰。经济学家群体相互之间矛盾百出的结论让公众无所适从。这些现象都表明，经济学内部可能存在着一些不健康的元素，在这些元素未被正确对待之前，经济学不可能指望获得实质性的进步。

经济学的神秘主义

任何学问都有一种竭力使自身显得神秘莫测从而使人心生敬畏的倾向。学者用大众不懂的语言彼此交流，那种建立在"私密性交流"基础上的快感是无法言传的。这种优越感促使学者们发明更多的术语，创造更多的仅仅属于一个小群体的话语体系，从而有意地把自己与大众区别开来。据说这样才能显示一门学科的重要性，才能显示没有艰苦学习就别想掌握这门学科这一真理。

经济学在其两百年的发展中已经创造了大量的术语，这些术语已经使得经济学成为一门最复杂的修辞学。当然，正如曼昆在《经济学原理》（第四版）的第二章《像经济学家一样思考》中首先阐明的,每一个研究领域都必须有自己的语言和思考方式,数学家、生物学家、法学家、心理学家等,都有自己的一套语言和表达方式。当经济学家向普通公众阐述经济学理论的时候,那些有着特殊含义的术语往往使公众感到困惑。供给弹性、消费者剩余、棘轮效应、局部均衡、边际收益、机会成本、预算约束线、生产可能性曲线,等等,这些术语的发明有助于经济学家用相同的语言和逻辑来交流,但对公众来说,这些语言的普及确实是非常艰难的。

并不是每个经济学家都有白居易一样的抱负,试图把自己的学问(在白居易就是诗歌)还原成通俗的语言与目不识丁的老太婆交流。虽然经济学家的术语确实可以为我们提供一种新的有用的思考方式,但是就连曼昆也不得不承认,"这些新语言有一种似乎不必要的神秘"。经济学的神秘主义可能是经济学发展史中不可避免的一种趋势,或者更进一步说,这种神秘主义或许是所有学科发展史中不可避免的趋势,因为没有这些特殊的、界定清晰的、有着准确含义的科学术语,经济学家和其他科学家就不可能进行有效率的沟通,也不可能做出正确的逻辑推演。从这一点来看,指责经济学家滥用术语是不够公允的。

现代经济学，由于使用了更为复杂和难于理解的数学，而在语言修辞的道路上比其他社会科学走得更远，与公众的疏离也更加严重。作为专业的经济学研究者，当我面对国际上流行的经济学家杂志的时候，也经常被其中劈头盖脸无所不在的数学公式搞得晕头转向不知所云。可以想象，作为公众，即使她或他受到良好的教育，也难以理解这些杂志上的经济学论文究竟在谈论什么。数学是一种必要的工具，它有利于用一种世界通用的语言来进行逻辑的推演，也使得一门学科更具有知识上的累积性和可验证性。这是不可否认的。

但是经济学家对数学的滥用已经带来了相反的效果。那些对现实的复杂的真实世界及其历史毫无知识的所谓经济学家（他们往往是由数学系或物理系等学科转来的），正在用越来越多的数学技巧来掩盖他们的无知，像"皇帝的新衣"一样欺骗那些对数学不熟悉的读者。他们有更多地使用数学方法的激励，但是他们往往忘记了，在任何一个学科里面（除了纯数学），数学只是作为一个工具来被使用的。经济学所面临的课题，比任何纯科学领域所面临的课题都更复杂，如果认识不到数学的局限性，盲目地信仰数学和滥用数学，那么其结果是可想而知的。

当然我在这里不可能展开来探讨经济学中数学的作用以及局限性，这是经济学方法论中最难以解释的一个问题。但是，如果我们考虑到经济学家的社会使命，考虑到经济学作为一门社会科学的社会启蒙和社会设计的功能，我们就不能纵容自己只是陷在经济学术语和繁杂的数学中自我安慰和自我陶醉。在很多时候，经济学都要向大众说话，这要求经济学家要以公众懂得的语言，在政府官员、选民、新闻媒体中解释经济学理论及其社会效应。经济学家应该在公众的视野内抛弃那种神秘主义的传统习惯，把经济学理论还原为一种普通的、大众可以理解的知识。实际上，几乎所有经济学理论都不过是一些普通常识（common sense）的翻版和复杂化而已，而且，就像熊彼特（Joseph Schumpeter，1883—1850）在其巨著《经济分析史》中所说的，"必须承认，经济学构成一种特殊困难的情况，因为在这门学科中，相对于其他任何学科而言，普通常识比我们能够积累的科学知识要走得远多了"。如果一个经济学家宣称他或她的理论难以用普通的语言加以说明和解释，或者他或她的理论难以还原为日常生活的常识，那么我们就有理由怀疑他或她的理论的真实性。

曼昆在《经济学原理》（第四版）的第一章里向我们描

述了贯穿全书的"十大经济学原理",这些原理与我们的普通常识如此接近,以至于任何受过初等教育的人都可以理解甚至可以自己获得这样的结论。比如"人们面临权衡取舍""贸易能使每个人状况更好""市场通常是组织经济活动的一种好方法""政府有时可以改善市场结果""一国的生活水平取决于它生产物品与劳务的能力""当政府发行了过多货币时物价上升",等等。无论经济学理论的证明过程如何高深,但它总可以用这样简明的浅显的语言描述出来。对于初涉经济学的人而言,这样的经济学教育意味着他们可以很轻松地进入经济学殿堂,而不被刻意布置的那些没有必要的钟鼎器皿和幔帐弄得不知所措,也不会被那种神秘主义的表述方法所蒙蔽。

经济学的帝国主义

我又要谈到这个令我感到可笑和困惑的词汇。尽管曼昆并没有在《经济学原理》中提到"经济学的帝国主义"这种说法,但他还是对经济学在从治理污染、解决交通到投票问题等如此广泛的领域里发挥作用而感到由衷自豪。

经济学似乎无所不能，经济学这门学科似乎成了包治百病的狗皮膏药。

经济学的帝国主义意味着什么？是意味着它的强大还是意味着它的霸道？从"帝国主义"的辞源上来说，它似乎永远不可能是一个褒义的词汇，它的准确含义应该是一个人或者一个集团不恰当地侵占其他人或者集团的领地。经济学被冠以"帝国主义"这样的字眼，显然并非出自其他社会科学的善意。实际上，经济学的显学地位并不很久。据考证，直到1903年，剑桥大学才设立了经济学的荣誉学位，而在此之前经济学是作为历史和伦理科学荣誉学位考试的一部分来讲授的。马歇尔、凯恩斯等人为提升现代经济学的地位付出了艰苦的努力。当一个学科开始占据显学地位的时候，这个学科就会自然地将一整套术语和思维方式普遍化，这对其他领域的社会科学家而言无疑造成了巨大的不可回避的影响。

然而在100年前，社会科学界所反感和抨击的并不是什么"经济学的帝国主义"，而是"历史学的帝国主义"，这个历史非常耐人寻味。门格尔教授非常生动地在其《德国国民经济学的历史主义谬误》的序言中写道："历史学家像外国征服者一样一步一步踏入了我们的科学领域，给我们强加他们的语言,他们的习惯,他们的学术用语,以及他们的方法,在与他们的特殊方法不一致的每一个研究领域不可容忍地与我们发生争斗。"

门格尔的描述很像一个世纪之后很多社会科学家对经济学的抱怨。与当年的"历史学的帝国主义"一样,经济学也在成为显学之后用自己的话语体系和思考方式向其他领域开始"殖民行动"。我认识一位伦理学教授,他对中国一些经济学家谈论道德问题很感兴趣,但是对经济学家谈论道德问题的很多结论感到恼火。在他看来,经济学家在谈论伦理学问题时经常不得要领却自鸣得意。经济学家当然有权利谈论道德伦理问题,就像伦理学家有权利谈论经济问题一样。但是,当经济学家以经济学的视角谈论道德问题的时候,应该怀着一种谦逊的态度,他或她应该认识到,伦理学家们在道德问题上已经讨论了几个世纪,在这几个世纪中道德问题曾经被无数个智慧深邃的头脑所思考过;作为经济学家,如果对这些伦理思想史上的前辈的贡献没有足够的认识和领悟,就很难有资格谈论如此深邃的命题,就像伦理学家很难在价格理论上发表什么值得尊重的意见一样。那个伦理学教授对经济学家们的那种横冲直撞的勇气很是钦佩,但是他对于经济学家谈论道德问题时所表现出来的肤浅和盲目仍然不能忍受。

经济学家的傲慢已经引起了其他学科的学者的反感。这当然不是说,经济学不应该或没有权利以自己的思维方式和术语思考其他领域的问题,而是说,当经济学家这样做的时候,不要忘记了这个学科已有的深厚的思想资源,也不要以经济学的单一眼光独断地判别这个学科已有的成就。这样的独断几乎没有不显得肤浅可笑的。即使在相当实际的领域,经济学也不是唯一的有力量的学问,也不是起决定力量的学问。曼昆在《经济学原理》中就曾提到他在担任美国总统经济顾问期间所得到的宝贵领悟,那就是:即使在他向总统提供一种正确的经济政策的时候,总统的决策在很大程度上也要更多地咨询政治学家、大众传媒专家、公关顾问和法律专家。

同时,经济学家应该明确的一个真理就是:经济学在其200年的发展过程中,从其他学科(包括自然科学和社会科学)中汲取了大量的智慧和思想资源,如今这些智慧已经完美地融入经济学中。均衡、弹性这些术语明显来自物理学的影响,而现代经济学从社会学(如最近流行的社会资本理论和组织理论)、政治学(如20世纪70年代开始流行的公共选择理论)、法学(如法和经济学这个新兴领域)

等社会科学那里得到的资源更多。很难想象,一个经济学者,如果没有深厚的社会学、政治学、法学、历史学的知识,他或她还有多大可能性成为一个伟大的经济学家。

曼昆似乎对这个道理深有领悟。在开始讲述经济学的原理之前,他引用了凯恩斯的一段话作为对即将开始经济学学习的学子的告诫:

> 经济学研究似乎并不需要任何极高的特殊天赋。与更高深的哲学或者纯科学相比,经济学不是一门极其容易的学科吗?它是一门容易的学科,但是这个学科中很少有人能出类拔萃!这个悖论的解释也许在于杰出的经济学家应该同时具有各种罕见的天赋。在某种程度上,他应该是数学家、历史学家、政治家和哲学家。他必须了解符号并将其表达出来。他必须根据一般性来深入思考特殊性,并在思绪奔放的同时触及抽象与具体。他必须根据过去、着眼未来而研究现在。他必须考虑到人性或人类制度的每一部分。他必须同时保持坚定而客观的情绪,要像艺术家一样超然而不流俗,但有时又要像政治家一样

脚踏实地。

这无疑是对未来经济学家的最好的告诫，使他们从一开始就要避免那种对经济学方法的盲目崇拜，杜绝那种蔑视其他学科的"帝国主义"倾向，而以谦逊的姿态从其他所有学科那里汲取有价值的学术养分。

经济学的虚幻主义

网络上充斥着很多关于经济学的笑话，这些笑话有很多非常经典，对经济学充满了善意的嘲讽，甚至包含着一些颇有针对性的规劝。

有一则比较老的笑话是这样的。几个学者被困孤岛，岛上只有一个罐头可供充饥，而身边没有任何工具，几个学者开始就如何开启罐头发表看法。当化学家、物理学家和生物学家以各自的学术智慧尝试了若干方案并失败之后，经济学家慢条斯理地提供了他的高见，他的意见是这样的："我们假定手里有一把起子……"

另一则经典的笑话是这样的。甲和乙坐着氢气球在天空翱翔,不知道自己究竟飘到什么地方。他们看到地上有一个学者模样的人正在散步,于是问道:"请问先生,我们在什么地方?"那个学者模样的人抬起头,看着他们,迅速而平静地回答:"你们在气球上。"甲对乙说:"这个人肯定是一个经济学家。"乙问其故。甲说:"经济学家往往有三个特点:一是反应绝对迅速;二是回答绝对正确;三是回答绝对是废话。"

这些笑话都很有代表性,这说明,在公众的眼里,经济学是一门常常运用不合理的假定来展开逻辑推演但常常得到无聊答案的一门学问,而经济学家是常常玩弄不真实的假定来制造经济学模型的"屠龙术"表演者。

从科学方法论的角度来说,运用不真实的假定来进行逻辑推论并不是经济学独有的方法,而是几乎一切依赖抽象逻辑而不是经验观察的科学的共有方法。比如在物理学中,一个研究自由落体运动的物理学家,完全可以假定物体是在一个真空中坠落地面,虽然我们知道在地球上制造一个真空世界是几乎不可能的事件。物理学家的这一显然不真实的假定并不影响他的结论的正确性。再如,当我们研究欧几里得几何学的时候,点和线的定义是一切推论的基础,但关于点和线的假定是难以想象的:点是一个无体积、无面积的东西，而线是一个没有始点和终点、没有体积和面积的东西。这些定义显然是高度不真实的，因为在现实中，我们难以画出也难以展示这样一种点或者线。但是这个不真实的假定并不影响所有几何学的推论的正确性。

从这个角度来说，经济学运用一些并不真实的基本假定来作为经济学推论的基础是无可非议的。这样的假定有几个好处：第一，由于这些假定是非真实的，它可以忽略掉很多琐屑的无关紧要的事物，而把研究的焦点集中在最关键的变量和事物上；第二，正因为这些假定是非真实的，因此经济学中的各个变量更具可操作性，因而更能够揭示事物的一般本质特征；第三，当我们对一些经济学的基本理论进行拓展和改进的时候，我们可以通过放松以前的比较苛刻的假定而发展原有的模型，从而使经济学理论更加接近真实世界，这样，经济学理论就可以一步一步得到发展。

确实，在经济学发展过程中，一些最基本的假定已经成为所有经济学家进行经济学研究的基础和起点，而不断放松这些假定，从而使经济学更加逼近真实世界的情形，成为经济学说发展史上最显著的特征之一。比如经济学中最重要的假定："理性人假定"。在理性人假定中，作为微观决策主体的人被假定具有充分的理性，可以充分运用自己现有的资源禀赋并充分了解自己面临的各种约束，从而通过取舍权衡做出自身效用最大化的决策。这个假定到底合不合理？很显然，在真实世界中，并不是每个人在每个时候都是这样理性的，但作为经济学研究的一个组成部分，我们必须在很多情形下假定人是理性的，并以此作为经济学研究的基础。任何消费行为、厂商行为都必须在这个也许并不是十分真实的假定上来研究。当然，我们也可以在某些情况下放松这个假定，从而使经济学跨入一些新的发展领域，近年来，以有限理性为基础的经济学成果开始涌现，这些成果已经在某种程度上放弃了经典经济学中的理性人假定。

一旦经济学开始放弃原有的苛刻的假定，它就有可能开创一个崭新的天地。当经济学家放弃原有的充分信息的假定的时候，建立在不完美信息基础上的信息经济学和博弈论就诞生了，这对我们理解信息不对称和信息不完善提供了很多有价值的视角；当经济学家放弃原有的完全竞争假定的时候，不完全竞争理论（垄断理论）就产生了；当经济学家放弃既定的制度框架这一假定的时候，制度经济学这一新兴的学科就得到空前的发展。甚至我们可以说，经济学的每一步发展，都是和抛弃原有的不合理的假定有关的。

弗里德曼在《实证经济学方法论》这篇著名的论文中,曾经对经济学中的不真实的假定辩护。在弗里德曼看来,衡量一个经济学理论优劣的标准,并不是看这个理论的假定是否真实,而是看这个理论是否具有正确的预测能力。预测能力好的经济学模型,尽管其假定有可能是非常不真实的,但是这仍然是一个好的经济学模型。这个观点曾经在经济学方法论领域引起巨大的争议。无疑地,这个说法体现了一种纯粹美国式的功利主义与实用主义的方法论。经济学中假定的真实性如何,有时对经济学理论有着异常重要的作用,并不是一个无关紧要的因素。在很多时候,经济学家误解了弗里德曼的观点,在经济学中滥用一些不真实的假定,并以此为基础展开经济学研究,这种情况严重影响了经济学本身的声誉,也影响了经济学的"实用主义目的"。也就是说,即使从实用主义的角度来说,经济学滥用不真实的假定所引起的经济学理论的不适用,也阻碍了公众对经济学效能的信任和理解,当然也阻碍了经济学作为一门科学的发展。

由此看来,经济学中的虚幻主义"传统"并不是理所当然、永久不变的。当一个经济学家为了构造漂亮的经济学模型而不得不使用假定的时候,这些假定必须是经过慎重考虑的，必须是严谨的，而不仅仅是为了论证的方便而滥用不真实的假定。同时，在运用不真实的假定的时候，也应该说明这些假定一旦被放松将对经济学理论的结论所造成的影响。

通常，经济学家往往为了构建数学模型和计量模型的方便，而舍弃那些在技术上难以处理的变量，这些变量也许在这个经济学问题中占有极其重要的位置。但仅仅是因为它们不好处理（unmanageable），很多经济学家就把它们坚定地舍弃了。这妨碍了经济学认识真理的能力。所以，在一个经济学学生初入经济学之门的时候，应该使他们对经济学中的虚幻主义有足够的警惕，这样才不会使他们误入歧途。要使他们努力理解"真实世界的经济学"，而不是自我陶醉于建立在不真实假定之上的"虚幻主义经济学"。

经济学的唯科学主义

经济学到底是不是一门科学？问这个问题的人从经济学诞生的时候起就络绎不绝，一直问了两个世纪。尤其在19世纪中后期到20世纪初，由于自然科学的飞速发展，"科学"作为学术论坛上最耀眼的词汇被经常引用,一旦某个学科被称为科学,立即身价倍增;而一旦某个学科不被认为是一门科学,立即灰头土脸,威信扫地,似乎在所有学术同行面前都抬不起头来。

对科学的这种崇拜曾经受到哈耶克的无情嘲弄。他在《科学的反革命》一书中指出,近代以来,对"科学"这一术语的盲目崇拜已经到了无以复加的程度,各门学科都以冠以"科学"二字为荣,如历史科学、经济科学等等。用哈耶克的话来说,各门学科都在努力跟物理学这些所谓的"硬科学"攀"表亲"。这种倾向的一个流弊就是,很多学科的研究者认为,不论这门学科的研究对象和内容如何,都要成为像物理学这样精确的公理化的科学。一时间,社会科学模仿自然科学的趋势遂汹涌澎湃,不可遏止。

但就像曼昆在《经济学原理》中所提出的,经济学这样的社会科学与自然科学由于在研究对象和研究内容上的不同,其研究方法有着巨大的差异。一个物理学家为了研究自由落体运动可以无数次将物体从高空抛下,但一个经济学家却很难为了研究通货膨胀的经济效果而随意改变一国的货币发行量,他永远不会有这样的权利和自由。因此,经济现象的不可实验性成为经济学家搜集经验证据的最大阻碍。通过总量数据和通过直接观察而间接地获得数据就成为主要的数据来源（当然现代的行为经济学等学科也可以通过实验室的方法获得系统的数据）。

社会科学对自然科学的盲目模仿和崇拜已经引起了巨大的消极后果。但到底什么是科学？严格来讲，科学并不是一个静止的东西，科学是不断发展的一个过程，是某个领域的知识不断更新和革命的过程。那些在现代学术论坛上牢固树立起科学地位的物理学、化学和生物学等，在它们的发展史中，曾经出现过无数可笑、愚昧甚至罪恶的错误，这些错误使这些学科在其发展过程中历尽磨难。科学不是我们所理解的永远没有错误的无可辩驳的真理，而是一种永远在发展、永远被新的认识所更新和取代的知识体系。也可以这样说，科学，正是因为它的可更新性和可否定性，才使其成为一门科学。一种知识，假若不可被更新、不可被否定，那么这些知识或者是宗教信仰，或者是巫术。

波普尔在其著作中把经济学的这一性质称为"可证伪性"。一个知识体系，只有具有可证伪性的时候，才可以称为一门科学。而可证伪性，意味着一门科学永远处于一种被新的知识和理论"证伪"的命运，这是科学发展的一个必然出路。因此我们就可以很好地理解，为什么科学历史上曾经有那么多的革命,"日心说"对"地心说"的革命、"氧化说"对"燃素说"的革命等,都是这种证伪的最好说明,而爱因斯坦对牛顿的理论的发展,也可以说是另外一种意义上的证伪。

正是在这个意义上,我们说经济学具有一门科学的主要特征,即它是一种可以被证伪的知识体系,在这个知识体系中,人类对自身经济行为和其他行为的经济学分析处于一个不断发展的状态中。经济学说史上的无数次革命,如边际主义革命、凯恩斯革命、理性预期革命等,都反映了经济学作为一门科学的艰辛发展历程。任何经济学理论都不能说是放之四海而皆准的永久不变的真理,任何经济学理论都应该在科学的意义上被反思、被检验,甚至被证伪、被放弃。

但是在理解经济学作为一门科学的性质的时候,很多人有着深刻的误解。误解之一就是经济学既然是一门科学,那么经济学家的使命就是发现关于人类行动的永远不变的真理。这个观点已经在前面解释和批驳过了。另外一个误解就是经济学既然是一门科学,就应该像物理学那样成为一种"硬科学",而不是像社会学那样成为一门"软科学"。为了把经济学打扮成一门科学的样子,为了像哈耶克所批评的那样跟物理学等科学"表亲"套近乎，经济学家开始不遗余力地在其经济学论文中使用更多的数学语言，并试图像物理学等硬科学一样建立起一套公理化体系。在这样做的时候，经济学家群体显示出一种巨大的骄傲感，一种俯临其他社会科学的快感。当历史学和社会学、政治学、法学等学科还在运用人类的自然语言进行描述和论证的时候，经济学家却在更多地使用越来越复杂的数学语言进行逻辑推演，这让经济学家群体更加强化了自己作为"科学家"的角色。

我上面已经论述了经济学家滥用数学带来的消极后果。经济学家这种对科学的误解，这种唯科学主义（scientism），使他们并不关注经济学理论本身和论证过程的科学性和客观性，而只关心论证形式的"科学化"（也即数学化），结果陷入里昂惕夫在就任美国经济学会主席时所深切批评的"数学形式主义"。经济学家的唯科学主义，已经使经济学家群体越来越远离经济学的科学精神，而使经济学有堕落为一种伪科学的危险。

还是熊彼特在《经济分析史》中说得好，他说一门学科是科学，并不是抬高或贬低这个学科，科学从本质意义上来说，只是一种系统化了的知识。从这个意义上来说，如同经济学一样，历史学、社会学、政治学、法学都应该是广义上的科学的一个分支，与这些领域相比，经济学并不具有跟科学更紧密的血缘关系，并不具有天然的更优越的地位。经济学作为一门科学，应该努力运用各种科学手段，揭示人类行为内部的本质特征和规律性，而不是仅仅从形式上强调经济学的公理化与数学化。

经济学的未来命运

我的评论已经远远超出了曼昆《经济学原理》所探讨的范围。不过，建立在这些方法论基础之上的对经济学的重新理解，确实是曼昆这部教材能够具有吸引力的重要原因。曼昆是一个成长于经济学剧烈变动时期的学者，他敏锐地感受到了经济学内部的争议和经济学的困惑，并且直面这些争议和困惑，对他的经济学教材做出了适当的调整。

在他的《经济学原理》中，他试图向那些初次进入经济学殿堂的学子直率地说明经济学当下面临的困境，也同时承认经济学在某些领域和层面上的局限性。他并没有把经济学描述为万能的带有帝国主义意味的学科，而是把经济学置于整个社会科学体系中去理解，让这些初涉经济学的学子有更广阔的知识训练和更开放的学术胸襟。

与一般枯燥的经济学教材不同，曼昆试图恢复经济学的鲜活性，试图把读者再一次拉到一些生动的场景中去理解经济学。为此，在新版《经济学原理》中，曼昆搜集了大量的鲜活案例，使我们在日常生活的亲切氛围中理解经济学的基本原理，同时学会运用经济学原理理解日常生活。

曼昆也在试图鼓励学生用更具有包容性的视角看待其他领域的学术资源和学术成就，教这些学生在面对其他学科的时候更谦虚，更有主动汲取其他学科精华的意识。在介绍当代经济学的一些最新进展的时候，他着重介绍了与政治学有关的公共选择理论，与信息有关的信息经济学，与心理学有关的行为经济学，以及与社会学有关的对禁毒等社会问题的探讨。

曼昆的用意是明显的：他在提醒经济学学生，要像凯恩斯所要求的那样，成为一个视野广阔的出类拔萃的经济学者，而不是成为一个狭隘的、封闭的、骄傲的"伪经济学家"。

2006年9月12日于燕园未名湖东岸

论学者、科学精神与人文关怀[1]

每一所大学都会在历史的传承中逐渐形成一种鲜明而持久的风格,这种由数代人酝酿、造就、革新、拓展并遗传下来的特殊精神,是一所大学延续与壮大的精神支柱。北大在历史上曾以"博学审问慎思明辨"为校训,我觉得是非常精当的,现在应该恢复这个校训。所谓"博学",乃是要求学者首先成为知识广博的人,他对事物背后隐藏的

---

[1] 本文是作者 2005 年 11 月在北京大学研究生会主办的第一次学术沙龙上的讲话稿,发表于《北京大学校报》2014 年 12 月 5 日第 1367 期和 2015 年 1 月 5 日 1370 期。

真理有着广泛的兴趣;他不仅是一个领域的专门家,而且应该是一个学识宏富、趣味广博的研究者。"审问",乃是要求学者必须对事物有着精细深刻的研究,对世界的本质与根源做深入的探讨与不懈的追问,穷根溯源,孜孜以求,对真理怀有执着的信念。"慎思",乃是一切学者最根本的素养,即运用自己的理性,慎重而独立地做出判断,这就要求他不追随他人的成见,不依傍以往思想家和同时代学者的教条,不理会这个世界的喧嚣,以自己严肃认真的思考对客观世界做出最终的裁决。"明辨",乃是要求学者在面对流行的各种思想与意识,能明智地辨别其中的是非,这也就意味着一种判断力的养成,一种独立的理性思考能力的养成。

在我们这样一个社会结构面临大规模转型、经济形态发生剧烈变迁、市场经济原则与意识渗透到社会各个角落的时代,学者面临着空前的挑战和彷徨。社会价值观念的混乱、学术规范的颠倒与学术市场的失序,都使学术工作面临着巨大的困境,也使学者们往往在一种两难选择前倍感尴尬。一个学者,如果顺从世俗的功利的要求,就必然放弃严肃的持久的科学研究,而以一种浅薄的、最易赢得世俗肯定的方式去博得这个世界的喝彩,此时世俗的功利的回报是以科学的衰退与萎缩为代价,科学的研究者迎合这个世界的肤浅要求,而置自己庄严的科学使命于不顾。然而另一方面,假如一个学者在这个时代坚守自我的科学立场,摒弃世俗的功利的欲望,去从事孤独的、需要长久的工作才能证明其价值的科学研究,则他很可能会被这个现实主义的世界所淡忘或抛弃,他的声名将埋没在这个世界的喧嚣之中,而学者自身也将被视为与这个世界不相和谐的另类。学者面临的这个两难困境使正在开启学术事业序幕的年轻研究者们无所适从,在世俗的潮流与科学的庄严要求之间,他们面临着致命的抉择。

然而,一个严肃的学者若是迁就世俗的要求,以某种功利主义的姿态进行学术工作,其结果必然与真正的科学事业背道而驰。现实世界为学者们设置了各种各样的诱惑与陷阱,社会荣誉、公众知名度、公共传媒的吹捧与政治地位对每一个学者的科学信念都是一种挑战。在这样的现实中,一个研究者如何成为一个对真理的探求有所贡献的科学工作者,是一个并不简单的命题。对一个有志于终生从事科学工作的年轻学者而言,我体会,以下三种素养或态度也许是最重要的,那就是:独立精神、批判意识与真正的人文关怀。

独立精神乃是前面所述"慎思明辨"的根本要义,科学工作者,不管是自然科学工作者还是社会科学工作者,都必须充分运用自己的理性,在真正科学研究的基础上创造知识、发现真理。在这个过程中,学者是一个自由的人,也是一个勇敢的人——他不被潮流所裹挟,在大众的主流意识形态和主流学术思潮面前保持宝贵的冷静与中立姿态,并在各种社会利益集团和大众传媒的压力面前保持研究者的独立性与学术自由。但是一个学者在商业社会中保持学术独立与学术自由是具有相当难度的,市场经济原则的渗透与冲击使学术工作本身产生了"异化",学术不再是创造知识发现真理的手段,而成了市场中具有交换价值的商品。学术成果成为通往更高政治地位、财富与社会荣誉的交换媒介,而学者自身也逐渐由独立、自由的研究者蜕变为意识形态的诠释者、特殊利益集团的代言人、大众传媒操纵下的傀儡以及商业资本的驯服雇员。由于缺乏科学工作必要的独立自由的前提,有价值的科学成果的生产变得相当困难。在市场交换原则支配一切社会活动的商业社会,学者应尽力维护学术的尊严,维护学术研究的独立性。

批判意识是学术创造的前提。大学是创造新的思想与新的知识的殿堂,然而知识创造的前提是知识者有着足够活跃的带有批判性的心灵,这颗心灵能够对前人或同时代人的思想做出理性的判断,它批判性地吸收前人或同时代人的科学成就,运用自己的理性并以质疑与诘问的眼光看待一切教条与成说。美国思想家爱默生在一篇著名的演讲《论美国学者》中说:

> 世上唯一有价值的东西是活跃的心灵。这是每个人都有权享有的。每个人自身都包含着这颗心灵,尽管多数人心灵受到了滞塞,有些人的心灵尚未诞生。活跃的心灵能看见绝对的真理,能表述真理,或者进行创造……假如心灵不具备自明的能力,而是从另一颗心灵那里接受真理,即使这真理的光辉滔滔不绝,接受者却没有定期的反省、诘问和自我发现,结果仍然会是一种严重的错误。(爱默生《论美国学者》,选自《爱默生集:论文与演讲录》)

在当下的中国,也许最值得警惕的莫过于对于国外科学成果不加批判地盲目接受与膜拜的态度,这种倾向,在社会科学中尤其明显。不可否认,西方学者在经济学、社会学、政治学诸领域的研究成果确实值得我国学者借鉴与吸收,但是由于社会科学研究的对象具有极为明显的历史、文化、地域、种族等方面的特征,而这些特征又决定了独特的思维模式、经济形态、社会结构与政治传统,这就决定了我国学者不可能不加批判地接受国外社会科学家已有的定论来套用本国的现实。任何理论都具有特定的前提与约束条件,是在一定的假定基础上展开逻辑推演的,即使逻辑推演是完全没有瑕疵的理论,也会因前提假定的独特性而导致其结论适用范围的局限性,一个真正的科学工作者,对此不可不有清醒的认识,而这种认识同时也关乎一个中国学者的学术自信心。

然而,独立精神与批判意识只是一个真正的学者的要素,要使一个学者成为严格意义上的知识分子,还必须具备一种深远的人文关怀。在我国悠久的学术传统中,读书人一直崇尚"士"的节操与风尚,"士"不是一般意义上的读书人(知识的创造者与研究者),他除了具备广博的学识和全面的素养之外,还须关注那些超脱于研究者自身的更为广阔而深远的命题,关注国家、民族以至于整个人类的福祉与终极命运。所以"士"的使命极为庄严重大,因而《论语》里说:"士不可以不弘毅,任重而道远"(《论语·泰伯》)。

当然,已经有学者正确地指出了传统意义上的"士"所秉持的"居庙堂之高则忧其民,处江湖之远则忧其君"的信念的局限性(朱青生《关于专家与学者》,选自《十九札》),这种局限性导致中国传统知识分子缺乏对纯粹知识创造和纯粹科学研究的激情,他们对知识的追求太切近于"齐家治国平天下"的实用,以至于损害了真正具备科学意义的研究,损害了对真理的理性追求。一个真正意义上的知识分子是把纯粹理性的科学研究与深远宽广的人文关怀完美地结合在一起的人,是超越了单纯知识创造角色的学者,是真正以科学家的姿态关注人类命运、人类价值与人类尊严的人。没有真正意义上的科学研究,不成为某一个领域的专家,科学工作者的人文关怀就是虚空的、肤浅的;然而,一个具备了相当高的科学成就的科学家,假如没有更为广阔的人文关怀,没有关注整个人类价值与前途的宽大胸襟,那他只能是一个具备工具理性的专家,只能是一个"单向度的人",只能是一个人格萎缩、灵魂矮小的"知道分子"。爱因斯坦曾经告诫科学家们说:"关注人本身,应当始终成为一切科学上奋斗的主要目标……当你埋头于图表和方程式时,千万不要忘记这一点!"(爱因斯坦《科学与幸福》)面对当代科学工作者人文关怀意识的衰退,爱因斯坦曾经慨叹道:"科学家通过内心自由、通过他思想和工作的独立性所唤醒的那个时代,那个曾经使科学家有机会对他的同胞进行启蒙并丰富他们生活的年代,难道就真的一去不复返了吗?"(爱因斯坦《科学家的道义责任》)近代以来,理性主义、科学主义的泛滥已经使得真正的人文精神大大衰微,大学中的社会科学教育已经沦落为一种纯粹工程学式的教育,在那些貌似科学的理性的冰冷模型里,看不到对人的关怀和对人的价值与尊严的追求,而是抽象掉所有的人文视角,退化为一种纯技术性的分析。经济学家、社会学家和法学家,为了使自己的研究更接近于所谓"科学"的标准,正在更多地热衷于构造完美的理论模型,陶醉于闭门造车过程中的理论快感,而不关注真实世界中人的境遇和价值。对这种倾向,哈耶克曾经做过尖锐的嘲讽和深刻的分析(参见哈耶克《科学的反革命:理性滥用之研究》)。然而,任何真正意义上的科学研究,其最终目的乃是提升与改善人的境遇,乃是人的自由和价值的重新发现与人的幸福和尊严的实现,这也就是学者和知识分子"对人类幸福所负的责任"。

当一个研究者真正具备了独立精神、批判意识与人文关怀的时候,他就可以准备启程走上科学工作的道路。这条道路对于一个年轻的研究者而言无疑是艰难的,他会时常遭遇到各种困惑,会面临着来自尘世生活的各种压迫,他必须首先使自己成为勇敢的人,内心强大的人,才能抵御这些困难、挑战与诱惑。我经常提醒我自己并希望通过这个机会提醒我的年轻的同行们的几点是:

一是在科学面前始终保持诚实。中国古人说"修辞立其诚",就是要求读书人(知识分子)在进行创作或探讨学问时应有一种诚实不欺的态度。这是对待科学工作应该秉持的最起码的学术良知。然而在很多时刻,各种社会力量和利益集团都会出于自己的目的而给科学工作者施加压力,使他们不能忠诚于真理与科学研究的结论;此时科学成为社会利益集团的附庸,学者成为某些力量的傀儡。叔本华说:"只有真理是我的北斗星。"为此他坚决拒绝为迁就世俗与主流思潮而删改自己的著作。从本质上而言,科学工作者诚实的品德也是源于陈寅恪先生所表彰的"独立之精神、自由之思想",也就是他所说的"士之读书治学,盖将以脱心志于俗谛之桎梏"。陈寅恪先生曾这样评价王国维先生:

> 先生以一死见其独立自由之意志,非所论于一人之恩怨,一姓之兴亡。呜呼!树兹石于讲舍,

系哀思而不忘。表哲人之奇节，诉真宰之茫茫。来世不可知也，先生之著述，或有时而不彰。先生之学说，或有时而可商。惟此独立之精神，自由之思想，历千万祀，与天壤而同久，共三光而永光。(陈寅恪《清华大学王观堂先生纪念碑铭》)

学术上的诚实需要一种特别的勇敢与对于自己科学工作的自信。我们所尊敬的北大校长马寅初先生，曾因《新人口论》而遭受全国性的猛烈批判，就在这样的严酷的学术气候下，1959年11月，马寅初先生仍然发表了一篇掷地有声的公开信，他说：

> 我虽年近八十，明知寡不敌众，自当单枪匹马出来应战，直到战死为止，决不向以力压服不以理说服的那种批判者投降……我对我的理论相当有把握，不能不坚持。学术的尊严不能不维护，只得拒绝检讨。(马寅初《重申我的请求》)

马寅初先生身上所彰显出来的坚毅与自信的品格乃是一种真正意义上的科学家品格，是每一个诚实的科学工作者必须具备的品格,学术尊严与学术良知在这种诚实的科学品格的卫护下才得以维持。

第二个应该时常提醒自己的是不要被所谓"潮流"左右了我们的科学研究。这里的"潮流"是指一时代所流行的、被称为"时尚"的学术倾向、意识形态潮流或者主流观点。如果一个学者,不能独立地运用自己的理智对其科学工作做出判断,而是如爱默生所说"迁就公众的喧嚣",则其科学工作的价值就值得怀疑。在历史上,那些忠实于自己的学术研究、不肯为潮流而放弃自己科学信念的学者,也许其学说在当时的时代不被人所理解,甚至被同时代的主流思想者或者公众视为另类,但是历史的事实往往证明,正是这些似乎被时代思潮所抛弃或漠视的另类思想者,往往却是真理的拥有者,是真正的科学代言者。我曾写过一篇文章,以经济思想史上的许多例证,证明在经济科学的发展历程中,做出重大科学发现或者开创崭新经济学流派的经济学家往往被同时代人视为边缘或者另类经济学家,甚至被同时代主流学派所鄙弃(王曙光《主流与边缘:另类经济学的价值》,选自《理性与信仰——经济学反思札记》)。在20世纪50年代即系统阐发市场经济与自由秩序原理却备受主流学术界鄙视冷落的哈耶克,开创制度经济学派却被时人视为怪诞不经的凡伯伦，将经济学方法渗入政治分析从而开启公共选择学派的布坎南，皆是主流经济学家所不齿的另类或边缘人物，然而他们的学说在若干年后竟然成为主流思想的重要组成部分，这几乎成为科学发展史上屡见不鲜的一种规律，验之于自然科学发展史，也是如此。因而，一个正开始科学工作的年轻学者，以自觉的态度保持对于主流思想的警觉，在潮流面前始终坚守自己的批判与质疑的科学姿态，是非常必要的。不骛逐时髦，意味着研究者不论在理论倾向、思想方法或者是选题上都保持一种独立与清醒，都自觉地与那些学术时尚保持距离，也就是自觉地将研究者自身置于一种边缘的状态。自然，用经济学的术语来说，这种对学术潮流自觉保持疏离甚至是拒斥态度必然会使一个学者承受巨大的机会成本，这些机会成本包括一个正常的人所必然欲求的个人财富、公众知名度与社会地位。而且在很多时候，一个自觉疏离于社会主流思潮或学术潮流从而维护了科学工作者的学术独立与自尊的学者，还必须忍受长时间的孤独，忍受不被人理解、没有同伴和追随者的痛苦。可是从长远来看，这种孤独和痛苦，不正是一个科学工作者荣耀的起点与象征吗？不恰恰是一个学者从内心真正的良知出发、从理性出发而通向真理殿堂必然经过的荆棘道路吗？我们应该相信，在那个真理的殿堂之中，所有的荆棘将会成为荣耀的冠冕。

我们应该时常提醒自己的第三件事情是，作为一个学者，我们需要关怀草根阶层的幸福，关注他们的福利与命运。一个社会科学工作者，如果在其科学研究中摒除了对于底层民众的关注，那么就意味着他的学术工作尚未完成其道义上的使命与责任。当下的经济学家，往往被那些时尚的研究课题所吸引，这些课题更容易为研究者赢得短时期的利益与名声，然而那些关系到更广大民众的幸福的命题，却被严重地忽略了，这不能仅仅解释为一种学术偏好。对草根阶层的关注并非出于学者的同情，而是出于科学家的最本质的使命与道义责任，那就是前文所揭橥的对人类幸福的责任。我国知识分子素有关怀民生疾苦、关注底层民众的传统，晏阳初先生和陶行知先生所倡导的平民教育、梁漱溟先生倡导的农村建设等，都为我们树立了作为知识分子的伟大榜样。与那些在书斋里构建完美理论自我陶醉的学者相比，他们的生命关怀更加宽广浩瀚，他们的学术人格也更加伟岸挺拔，而他们作为一个学者也更加具备一种道义力量。更重要的是，这种更深远的关怀所依赖的是一种坚定的行动。学者不仅应该是"思想着的人"，为人类贡献有价值的知识和思想，而且应该是"行动的人"。我们往往把思想者描绘成一个孱弱的、只会在书斋里冥想而缺乏行动能力的人，这完全是一种误解和偏见。真正的思想者，必然是一个"行动的人"，是一个受道义感召、具备强大生命关怀力量的行动的人。

第四，正如无数大师级的思想者所告诫我们的，作为一个成功的学者，应该具备全面的知识素养，万不可画地为牢，被自己狭窄的专业领域所囿。孔子说，"君子不器"（《论语·为政》），即是要求君子（知识分子）不要像器具一样只具备一种知识，一种技艺，而要具备多方面的才能和知识。这四个字的告诫里面充满着先哲伟大的智慧。许多学者为自己的专业领域所囿，对其他学科或本学科内其他领域的学术发展处于无知的状态，这种状况极大地阻碍了学术的创新与发展。更为严重的是，某些学科的研究者具有心理学上所谓的严重"自恋"倾向，这是一种学术自恋，对其他学科的学术成就（包括思想上的和方法上的）无动于衷一无所知，而把自己所处的学科当作可以驾驭统制一切其他学科的高高在上的霸主，在社会科学发展史上，"历史学帝国主义"和"经济学帝国主义"曾相继出现，为学术史留下不少教训和笑柄。实际上，像经济学这样的学科，完全可以也完全应该从哲学（包括伦理学）、社会学、法学、政治学、历史学、心理学甚至从自然科学（比如生物学、物理学）的发展中汲取思想或方法论上的灵感，而事实上，经济学这门学科在历史上确实已经受到上述学科的宝贵滋养和启示。在学科交叉日益明显的当代学术研究中，单一的、狭窄的、带有学科偏见与自大的学术视野已经不足以催生新的科学发现，取而代之的应该是全面的学术素养，开阔的学术眼光，而只有具备这样的学术背景，才可以期待未来的成功学者的出现。

以上是我对于自己以及我的年轻的同行们——预备作为科学研究者的一员的同行们——的期待和建议。最后，我愿意引用爱默生《论美国学者》中的两段话作为结尾：

> 学者的职责是去鼓舞、提高和指引众人，使他们看到表象之下的真实……他是一个将自己从私心杂念中提高升华的人，他依靠民众生动的思想去呼吸，去生活。他是这世界的眼睛。他是这世界的心脏。他要保存和传播英勇的情操，高尚的传记，优美的诗章与历史的结论，以此抵抗那种不断向着野蛮倒退的粗俗的繁荣。

……那些最有希望的年轻人在这片国土上开始生活,山风吹拂着他们,上帝的星辰照耀他们。……要忍耐,再忍耐——忍耐中你沐浴着一切善良人和伟人的余荫,而你的安慰是你本人无限宽广的生活远景,你的工作是研究与传播真理,使得人的本能普及开来,并且感化全世界。

2005年10月5日

以研究为生[1]

作为一所具有优良学术传统和悠久历史的大学,北京大学可以说是学术氛围最为浓郁、学术积淀最为深厚、学术环境最为宽松自由的大学之一。丰厚的人文、社科与自然科学资源之间的相互交融激荡,活跃在各个领域的顶尖学者,以及极其丰富的图书信息资源,都为我们提供了极好的做学问的土壤,在这种土壤的滋养下,必将成长出众多造诣精深的各学科精英。所以,北大不仅有美丽的湖光

---

[1] 本文是作者2014年9月在北大经济学院研究生培养说明会上的讲话,发表于《北京大学校报》2014年10月21日第1360期。

塔影,那是外在的环境之美,北大更值得骄傲的是她的宽松、自由、丰富、多元的学术环境。我们在这样的环境里攻读硕士与博士学位,是极幸福、幸运的一件事,令人羡慕。

研究生的天职是做研究,所以有人戏说"研究生就是以研究为生",我觉得这个概括切中要害。读研究生,最终目的是提升我们的研究能力,提升我们探索自然世界与社会人生的能力,提升我们对于这个世界的洞察力与领悟力。有的同学可能会说:我不想成为一个学者,一个学问家,不想当教授,那么提高研究能力与理论思维对我有何意义?这个疑问,代表着很多人对"研究"的认识误区。很多人认为研究学问是学者、大学教授的事,与从事实践工作的人无关,我们将来又不著书立说,因而"研究"与我无关。这是一个十分致命的误解。我认为,无论你将来从事何种职业,无论你是做企业家、金融家还是从政、从学,都必须基于你的研究能力与思维能力,你在任何职业生涯中所能达到的高度、境界,都与你的研究能力与思维能力密切相关。我们在研究生阶段所培养的研究能力,并不仅仅是我们所惯常理解的狭义的"写学术论文"的能力,而是一种广义的思考问题、梳理问题与解决问题的能力,这种能力的关键之处不在写文章(当然写好文章本身也是思维能力与表达能力的重要标志之一），而在于你能否敏感地发现问题，正确地探究问题，并提出系统而深刻的解决方案。我们在任何职业中都需要这种能力，只不过最终的表达方式不同。而提升并全面训练这种能力，乃是研究生教育（无论是学术型还是专业型）的最终目标。所以，我们在讲学术研究之前，必须先解决大家在认识上的这个误区，使大家理解提升学术研究能力的真正要害所在。

一个研究生，如何才能成为一个好的研究者？一个好的研究者的标准，并不是简单的著作等身、一大堆核心期刊论文，也不是他有多少头衔，参加了多少学术活动。一个好的研究者，首先要有激情，研究的激情，探索这个世界（包括外在世界与内在世界）的激情。他对事物有一种探索的习惯，有强烈的好奇心，有极浓厚的探索欲望，他从研究中获得极大的乐趣与满足感。孔子说："知之者不如好之者，好之者不如乐之者。"知晓一件事物，这是比较普通的学问境界，主观上没有激情与欲望，只是作为职业化的外在的研究。"好之者"，则是爱好探索，这是比较高的学问境界，他在主观上有了积极性，有了主动性。而"乐之者"，是学问的最高境界，他乐在其中，乐而忘返，以研究为天下第一大乐事，其趣无穷，味之无尽，这样的人天生就是一个学问家，就是一个探索者。有了研究的内在乐趣与激情，研究学问就不再是一件别人强加的苦差事，就不再是沉重的累赘，而是终生奉行且乐在其中的习惯。

其次，一个好的研究者，尤其是一个好的人文社会科学研究者，必对社会有着强烈的担当意识，有深远的社会关怀，有清晰的社会使命感与道义感。社会担当与使命感往往是推动研究者科学研究的巨大动力，也往往是研究者学术灵感的不竭源泉。潘文石教授几十年在野外做野生动物保护的研究，支撑他研究的是对整个人类社会乃至其他物种可持续发展的担当与大爱，这种大爱点燃他的学术激情，也激发了他的学术灵感。厉以宁先生一生历尽坎坷，为中国改革与经济发展鼓呼，支持他的也是一种强烈的社会责任感与使命感。没有责任感、使命感，就做不成大学问，就进入不了一种高的学问境界。

再次，要成为一个好的研究者，还要有质疑与批判的精神，不囿于成说，不接受成说，要勇于质疑现有的理论，勇于创新，有清晰而强烈的批判意识。培根说："伟大的哲学，始于怀疑，终于信仰。"质疑与批判的精神不是凭空怀疑一切，打翻一切，不是对以往的学术成果的漠视与蔑视；正好相反，拥有质疑与批判精神的研究者必须对前贤的一切研究成果抱有一种尊重的态度,客观地评判,深入地解析,而不是盲目地崇拜与接受。质疑与批判不是狂妄,而是学术上的一种创新精神。一个研究生,在课堂上,在阅读文献的过程中,如果没有这种质疑与批判的精神,只是被动地接受和墨守前人的成说,那么他就不可能指望有任何创见,他就不可能真正培养他的洞察能力与感悟能力。"学问能于不疑处有疑",这是一个优秀的研究者必备的素质,胡适校长的这句话极有方法论价值,清代张伯行在《学规类编》中也说过类似的话。宋代哲学家张载也说:"存疑能长智。"明代思想家陈献章说:"学贵有疑,小疑则小进,大疑则大进,无疑则不进。"

最后,一个好的研究者还要有学术自信。实际上,质疑与批判精神的基础是学术自信,没有了学术自信心,丢掉了宝贵的自信,我们就成了他人学说的奴隶,成了一个盲从者,何谈质疑与批判?有些同学读了研究生,还在犹豫与质疑:我能做研究吗?我们要有做学问的自信,悉心地阅读前贤的文献,广泛地吸收,清醒而尖锐地质疑,独立不倚地思考。只有经过这样一个过程,前人的思想以及你自己的思索才会交融,才能最终形成你自己的思想。你面对任何权威,阅读任何经典,都要怀着这种宝贵的自信,与作者展开平等的对话，不论这个作者是孔子、柏拉图，还是凯恩斯、哈耶克。我们尤其要警惕那种对国外思想成果盲目膜拜的态度，一切照搬西方，言必称希腊，似乎西方的理论就一定是对的，这种学术上的极不自信、研究上的殖民地心态一定要去除。

一个研究生，有了研究激情、社会关怀、批判精神、学术自信之后，如何进行系统的学术训练，要提升哪些能力？我认为主要是训练和提升四个方面的能力：

一是要培养敏锐的问题意识，提升发现问题、梳理问题、分析问题、解决问题的能力。问题意识的训练贯穿研究生教学的始终。上每一堂课，读每一篇经典文献，进行每一次田野调查，都是训练我们的问题意识的重要机会。如果在研究生的讨论课上你提不出问题，不能与教授同步思考；如果你在读文献时提不出疑问，梳理不出系列的学术问题；如果你在调研时发现不了现实中存在的问题，不能敏锐地提炼出问题——那么，你就不可能为自己提出有价值的研究课题，遑论进行系统而深入的研究？迅速地抓住问题，系统地梳理问题，深刻地提炼和抽象问题，是一个研究者必备的素质与能力，这些能力如果在研究生期间得到培育与塑造，必将让你受益终生。

二是对多学科知识的融会贯通能力。理论的创新往往发生于学科之间的交叉、渗透与碰撞之时。经济学研究的突破，往往也发生于经济学与其他学科，如法学、政治学、社会学、哲学、史学等人文社会学科的交汇之时。在读研究生期间，我希望你们能够拓宽自己的视野，在选修本专业课的同时，还要注意选修一些其他专业的相关课程或基础课程，同时也鼓励大家选修其他人文社科院系的课程。你不能画地为牢，不能把自己局限在一个领域之中，当你超越学科的界限去思考问题时，你就会豁然开朗，甚至你会创造一个新的交叉学科领域。我自己在研究农村金融的过程中就融会了大量社会学、人类学与法学的知识，这使我受益匪浅。再比如，我尝试将伦理学与金融学贯通，创立了金融伦理学的理论体系，出版了第一本系统的金融伦理学教材。科际整合，融会贯通，还有利于我们未来职业生涯的发展，使我们眼界开阔，知识渊博，遇到问题往往触类旁通，这其实是很多大企业家以及优秀从政者的成功秘诀之一。

三是要注重科学研究方法与理论建构能力的提升。理论的建构能力实际上就是一个人对问题的抽象能力、概括能力，这是一种在纷纭的现象中进行高度概括与提炼的能力,是一种透过复杂现象抓简单本质的能力。理论模型往往十分简洁,但它对现实问题的概括力与解释力又非常强。一个人提出一个核心的概念,创造一个理论范畴,需要极其强大的抽象能力,也就是归纳与演绎的功夫。比如费孝通先生提出中国传统社会的"差序格局",科斯提出"交易费用",都是开天辟地的理论创造,没有高度的抽象、归纳、演绎、命名的能力是很难进行这种理论创造的。我们在研究生学习期间要系统进行科学方法的训练,比如经济计量学的训练,田野调查方法的训练,我们要学会从纷繁复杂的现实中发现规律、解释规律、构建理论的方法。

四是提升我们的写作能力,也就是驾驭较为严密、较为精确的学术语言的能力。写作能力表面上是一种表达能力,实际上是一种迅速组织思维、系统进行理论梳理的能力。如果你觉得自己很有思想,对某个课题很有心得,我建议你立即写下来;如果你觉得你的写作过程受阻,表达不够顺畅,理论展开不够充分,这其实恰好说明你的理论思考还不够深入,你的思想仅仅局限于吉光片羽式的灵感,还尚未形成系统而清晰的思想。能不能用富于逻辑且文笔清晰优美的文字来表达你的思想,这是衡量我们的研究生教育是否成功的重要指标。一个能够熟练驾驭学术语言、有极强文字表达能力、可以撰写高水平学术文章的学生,未来在任何职业的发展潜力应该都是非常大的。

2014 年 9 月 4 日

与北大学生谈四种能力的培养

最近我跟北大经院的同学们有一次轻松的座谈,包括本科新生和硕士、博士新生,谈得很开心。座谈中我谈到,同学们在北大的几年读书生涯当中,实际上时间如白驹过隙,瞬间就到毕业,若是没有一个有计划、有目标的学习,根本学不到太多东西。很多人只是按照规章修了课程,得了学分,混了文凭,但其实没有很好地读书,没有很好地锤炼自己的能力。我认为同学们在四年中,要注重自身素质的提升、人格的培养、能力的塑造。其中我谈到要集中精力培养以下四个方面的能力。

第一要培养的是你在听课过程当中梳理问题的能力。要学会倾听,学会归纳,学会在倾听中思考、反思和质疑,然后再形成自己的思想。每次上课两个小时,时间非常宝贵,无论在师生讨论中还是教师讲授过程中,都会有很多问题冒出来。对于这些问题,很多同学有"问题意识",能够很好地抓住问题,反应很快,他会迅速梳理问题,然后回去思考,归纳,提升,甚至再顺藤摸瓜地根据老师提供的线索进行拓展式的自我阅读。有的同学则没有这个习惯,在课堂上很慵懒,精力不能很好地凝聚,不能够调动起自己的激情,不能达到一种兴奋的程度。这不光是听老师讲笑话、瞎兴奋,而是在老师的讲授中敏锐地提炼问题,并加以迅速地整理和反思。所以,我认为大学中培养听的能力很重要,听是思考,是梳理,是提升,是反思,是质疑,是深度学习的前提。很多人把宝贵的听课时间浪费掉,现在又有非常完备现代的课堂课件展示,所以学生免去记录课堂笔记的麻烦,很多同学在课上看手机,发微信,上网,根本没有集中精力与老师的思路同步,没有锤炼自己倾听和梳理问题的能力。听的能力缺乏,导致很多人在未来的实际工作中很难领会和梳理企业领导者或者行政领导者的思想,因此就很难出色地完成使命,工作业绩就不会很好,而这样的人从事研究工作,更是不能胜任。现在课上展示课件的授课方式很糟糕,使得学生快速梳理别人讲话的能力已经退化到极点。我做农村金融田野调查，要做很多调查报告，我一般都是在访谈的过程中迅速记录和总结被访者的思想，笔记记得很快而且有条理，晚上即刻把这些思想梳理出来，一般当晚就可以写出调研报告的初稿（当然还要进一步深化和完善）。这种听的能力和快速抓住别人想法的能力要在大学学习期间着力培养。

第二要培养说的能力。你有一个想法，还要把它说出来，让别人清楚地晓得，而且说的时候要很有条理，很有感召力，能够吸引别人的注意，能够激起别人的兴奋和同情（即激起同样的感情）。你还要注意说话的姿态，要与听众有很好的沟通。比如你给人家做一个报告，不要低着头看着自己的电脑讲，也不能只看天花板藐视观众，你要学会与观众的眼睛有交流和互动，这就是"眉目传情"。我鼓励同学们在课上做报告，别看一个很简单的十五分钟的报告，对同学们说话的能力考验很大。有些同学几乎是照着课件念下来的，表情非常紧张，小兔子在心脏里面跳得不得了，自己事先想好的佳词妙句忘得一干二净。所以在大学中还要着重培养你的演讲能力，当众说话的能力。

说话是一门艺术。不光作为一个教师要学会演讲，各个行业的领导者都要训练讲话的能力。说话不仅需要激情、感召力和亲和力，需要与观众深入沟通的能力，还要求说话的人有很好的人文修养，有比较广博的学识。一个人文修养好、知识广博的人，他说话才有深度，有韵味，有内涵，他能够旁征博引，妙语连珠，能够很好地调动听者的情绪，使听者如醉如痴，得到共鸣。如果一个企业的领导者、一个银行的行长、一个行政部门的官员，能够以这样的人格魅力和演讲风范对下属讲话，必然会获得极大的尊敬与认同，他的下属也必然能够更好地响应他的感召，从而增强团队的战斗力和活力。而这个讲话的本领，在大学和研究生学习的时候就要培养，而不是在工作中培养。同学们在上讨论课的时候要多发言，多提问，在社团活动等集体活动中也要锤炼说话的能力，要学会系统、清晰地表达你的意见，这个能力培养好了，必将使你受益无穷。

第三个能力，读的能力。我在座谈中引用了曾国藩的一句话，他说读书如"攻城略地，开拓土宇"，就是强调要"博闻强识"。尤其一个人年轻的时候，在大学和研究生期间，要学会快速地阅读，大量地占有文献。在二十多岁的时候，一个人精力充沛，见闻增长快，吸收能力强，此时读书速度必须极快才行，"攻城略地"就是速战速决，不能说一本书读上三年还没读完，那不是年轻时候读书的方法。

一个人到了成熟的时候，四五十岁之后，读书不必求速求多，而是求精求深，深切涵泳，反复回味，对那些烂熟于心的书深刻体会，并融化进身心。年轻的时候读书追求"越读越厚"，要广博，广泛地涉猎各个领域，触类旁通，以增加识见，务使眼界宽广，见地博大。中老年的时候读书，追求"越读越薄"，融会贯通，眼界深邃，回味悠长，最后达到忘怀文字之筌蹄、而与天地同游的境界。那是六七十岁读书的境界，年轻时读书要非常快，老师在课上提到什么经典著作，立刻去读，很快把它读完，迅速捕捉其中的精髓，略知大义即可，不必深究。书读得多了，自然就会有体悟，结果原来不太懂的东西就会突然贯通，这就是陶渊明的"好读书不求甚解"的态度。这个"不求甚解"不是读书不用心，而是求自然贯通，不在一个局部上钻牛角尖。

比如说国学方面的书，大家在大学和研究生期间要多读一些，多涉猎一点国学经典。国学的训练，大陆的同学稍微差一点，国学的功底比较弱，加强国学训练对一个人的人文修养和人格养成影响很大，对大家走上社会影响也很大。有些同学，在北大读书很多年，《道德经》《论语》《孟子》《庄子》《周易》这些最基本的国学经典都没怎么用心读过，中国那些经典的文化符号一个都不懂，那你就很难了解中国人的文化和传统，也就更谈不到把这些文化哲学精髓娴熟地运用到你的工作中。所以我老是劝年轻的同学们要加大读书量，每天像一场战争一样，规定好读什么书。我读书很杂，感觉收获最大的是本科和硕士研究生阶段，那时每遇到一个问题，就去读一系列的书，比如说偶尔在课上听到老师讲俄罗斯思想与艺术，就去把俄罗斯的经典文学、艺术和哲学的东西作为一个系列来阅读，读得很系统而且很快，这样就可以在短时间内获得大量的知识，这就是顺藤摸瓜式的读书。经过这样的"攻城略地"式的信息占有之后，再细细品味一些精品和细节，就可以形成对这个领域的比较全面的理解和把握。

第四个能力是写的能力。在大学里，你要不停地写作，一个研究生，一个大学生，竟然在读书期间不写作，这是匪夷所思的事。我认为一个大学生和研究生每天都要写作，找一个很好的本子，或者拎一个电脑，闲着没事就处于写作状态。每天有什么想法，就要及时梳理，展开思考，提升自己。遇到问题，就去系统地读书，然后深入地思考和写作，最终要形成自己的思想，并要付诸文字。我的经验就是大量地写。写作促使你思考,促使你系统地梳理思想(包括自己的思想和别人的思想)，促使你阅读，逼迫你把零乱、混杂和肤浅的想法系统化、清晰化、深入化。在读大学和研究生期间,应该学会让写作成为你的习惯。一个人的文字表达能力不强,不能很好地把自己的思想落实到文字上,不能写出漂亮的文章和报告,这样的人才是很难适应未来的工作的,不论是企业、银行、政府和大学,都需要我们有很强的写作能力。一个笔杆子,可以说在今天的社会中无往而不胜。因为从深层来说,写作锤炼的不是码字儿的能力,而是思考力、提炼力、统筹力、洞察力的系统培养。

2014 年 11 月

过一种独特、丰富、均衡、内在与超越的生命

——在北京大学经济学院研究生班上的谈话

大学和研究生期间的读书生活,可能是我们一生当中最光辉灿烂、最值得珍惜和纪念、也是收获最大的一段。怎么度过这段宝贵时光,有不同的方法,未来也一样,每个人过生命的方法不一样,每个人面对生命问题所采取的态度也不一样,因此他的生命轨迹就大不一样。课堂上讲的学问虽然有用,但是跟你的生命没有很大关系。生命的学问最大,最需要弄清楚。你在大学中最大的收获并不在你的学业方面,并不是懂得多少专业知识就很高明了,懂得生命之道才最高明,你要知道怎么来过生命,以什么姿态来面对生命的挑战,这才最高明。悟道本身才是学习最根本的目标和要求。一个教师也是这样,他要传道,而不

仅是授业解惑，如果讲了半年，最后只讲了一些知识的皮毛，生命的问题还没讲清楚，这是教师的失职。

现在很遗憾的是，同学跟老师的关系很淡薄，中国古代师生从游的那种景象很少见到了。什么叫从游呢？师生如同大鱼跟小鱼一起游，大鱼在前面游，小鱼在边上跟着游，游两三年之后，这个小鱼基本上长大了，他知道学问是怎么回事，生命是怎么回事，大道是怎么回事。自然熏陶，从游观摩，最后学问和生命自然长进了。这种关系实际上就是最本真最精髓的师生关系，在今天的教育体制下，我们难以享受这种关系，很难跟一个老师亲近地去交流，很难如此深切地体会前辈的心灵世界与学问境界。我写了很多关于我的老师的文章。我的老师们，我的老师的老师，甚至比我大七十岁的老师，我当时有机会跟他们见面、请益，亲聆謦欬，春风侍坐。像一代经济学泰斗陈岱孙先生，北大经济学院第一任院长、著名经济学家胡代光先生，第二任院长、经济思想史家石世奇先生，中国经济思想史的开山鼻祖赵靖先生，经济史大家陈振汉先生，经济地理学大家陆卓明先生，等等，我从这些前辈身上获得很多感悟和提升。经济学院的这些前辈我接触很多，我也尽我的力量，一五一十地把他们丰富的阅历和生命的经验记录下来，希望把他们的风范和生命格调传达给你们，使你们受益。

关于如何度过一个有意义的生命的问题，我想送给诸位五个关键词：

第一，我们要过一种"独特"的生命。 现在的学生很焦虑，焦虑分数，焦虑实习，焦虑就业，焦虑出国，互相攀比，每天陷于一种纠结的、患得患失的状态，很不开心。我劝大家不要焦虑，要非常平静地去生活，很多事情自然而然就会好，不用浮躁，不用忧愁，不用焦虑。你要坦然面对自己的问题，从从容容地过自己的生命，而不要总是瞅着别人在干什么，不要总羡慕和旁观别人在做什么。你要有一个思想，就是你的生命是很独特的，是上天特别安排和计划的，是造物主特别赋予的，不能复制别人的生命，也不能复制时尚（时下流行的大众的生命），否则就会亦步亦趋，丧失了自己。不要一窝蜂去干似乎很时髦的事，别人去投行，我也去投行；别人搞金融，我也搞金融，抄袭别人的生命是不能成功的。我特别欣赏那种敢于做自己的人，因为造物主创造你是很独特的，跟任何人都不一样的，你不要艳羡别人，要敢于活出独特的不可复制的自己。敢不敢很重要，活自己是需要勇气的。

"独特"意味着你有勇气特立独行、卓然不群，这样的人反而容易得到成功,因为他最大限度地发挥了自己的禀赋,没有浪费自己的天分。他有一个内在的动力,他有一颗勇敢的心,敢于过一种特别的生命,那是很不简单的。将来你做事业、做学问、从政等,都需要敢于独特,才能活出你自己,要不然每天惶惶不安,老在羡慕别人,丧失自己,这样的人不会成功。这需要一种特别的自信,要活我自己。

第二,我们要过一种"丰富"的生命。同学们现在尚年轻,将来你们工作之后就知道,一个人如果很单面,那么你的生活、你的家庭、你对孩子的教育,都会成问题。一个兴趣单一、内心贫乏、没有什么情趣、生活弄得很枯燥的人,完全不可能构造一种幸福的生命和温馨完美的家庭生活,他也许在某一方面获得了成功,可是他不会获得真正的幸福。你必须首先使自己成为一个丰富的人,才有这种担当和资格来教育你的孩子,来构建你的家庭,来安顿你的事业。假如你只懂金融工程,你拿什么来教小孩呢?你拿什么与朋友交往呢?你拿什么来建构你的社会生活并获得和谐的人际环境呢?也许我们应该常常反问自己,你凭什么当父亲呢?你有什么资格当妈妈呢?你必须教你的小孩读诗歌,教你的小孩练书法、欣赏绘画和音乐,你必须会与朋友雅聚茶叙，你要带你的家人去博物馆。而如果你是一个空白贫乏的人，一个单面的人，你就做不到这些，你只会说，我获得了北京大学金融学的硕士学位，可是你没有能力构建一个有情趣有意义的家庭和社会生活，你的那个学位一点价值也没有。你工作之后，也不可能只成为一个"职场人"，你还要有自己丰富的生活，充满光彩，充满情调，充满乐趣，充满生机和活力，这是你获得幸福的非常必要的一个方面。

在当下的教育体系下，我真的特别担心同学们成为一个单面的人，所以我经常要求北大经院的同学们参加各种各样的活动，以此拓宽你的视野，浸润你的心胸，经常去听听音乐会，到美术馆看看展览，利用北京大学的人文讲座，把你的哲学修养、历史修养、艺术修养提上去。我们一定要有这个意识，主动丰富自己的生命，培养多元的素养和能力。这样的话，将来真的会受益无穷。同学们不能光知道如何考一个好成绩，怎样找一个好实习单位，如何谋一份好工作，你要把更多的精力用在如何丰富你的生活方面，过一种真正丰富而充实的生活。你放心，假如你是一个有全面素养的人，一个很有人文修养的人，一个有丰富高雅情趣的人，一定会有人欣赏你的，好的职业会主动找你而不是相反。但是你要把自己准备好，准备一种丰富的才华，为你以后很长时间的生命做准备，甚至为你的未来的孩子和家庭做准备。你现在不准备就来不及了，你拿什么来爱你的孩子呢？拿什么来滋润你的家庭和婚姻生活呢？你自己丰富了，生命就滋润了，整个的人生就有光彩了。

第三，要过一种均衡的生命。生命是一个多元的东西，要掌握一个均衡的辩证法。一个人如果几个方面不均衡，只追求一个方面的话，就要出问题。生命要立住，要稳固，就要有这个平衡感，不能顾此失彼，不能厚此薄彼，要学会兼顾的艺术。而且，在人生的某个阶段，你就要完成某件使命，不能拖沓，如果我们在某个生命阶段没有做这件必要的事，没有均衡地去发展某样东西，他就失去了生命的机会。所以一个人，在事业方面，在学问方面，在世俗的功名方面，在财富方面，在心灵的信仰方面，在家庭的和谐方面，在身体的健康方面，都要均衡发展，缺一不可。单独强调任何一个方面都有可能造成你的生命的畸形，使你最终难以稳固自己的生命，要摔跤。有些人事业心过强，漠视了家庭的和谐，没有对孩子的心灵成长和伴侣的精神愉悦付出一定的关怀，长此以往导致家庭破裂，孩子走上邪路，最终生命的结局很悲惨。有些人关注财富，关注家庭的物质层面，却没有丰富而高尚的心灵寄托，最终过多的财富给他带来的不是幸福而是灾难。均衡就是不偏执，就是走一条稳健而正常的道路，就是情商、财商、智商、灵商的统一。这种价值观，在大学中就要确立。

第四，要过一种内在的生命。这个"内在"是什么概念呢？我觉得现在很多人，做任何事情都追求表面的东西，忘记了那个实质和内在。有些人到北大学习，拿一个文凭就万事大吉，这个文凭很重要吗？这个文凭就是一张纸，一点意义都没有。不是我不珍惜这文凭，而是觉得它实在是一个外在的东西，跟一个人的内在不相干。有一年在《北京大学校刊》上看到一篇文章，是一个博士毕业生写的，他说我这一辈子什么都不看重，只有北大博士学位这个头衔，是我最看重的东西。我看了之后不太以为然，学位都是不重要的，问题是你有没有真正成为一个北大的博士，真正成为一个北大的学生，有没有真正汲取大学的精神，真正具备一个知识分子和读书人的气节和操守，真正培育出一种独一无二的精神气质出来。那才是一个内在的东西。有些人结婚，有了一个证书，以为就完成使命了，两个人各过各的，没有精神层面的深入对话，结果婚姻逐渐萎缩和变质，最终成为一个虚假的摆设，两个人形同陌路。其实婚姻是什么呢？婚姻是两个灵魂一辈子的厮守和沟通，这个道理不搞清楚，两个人一天说三句话，这个婚姻就死掉了。你只是获得了婚姻的表面，而没有获得它的内在。

有些人在大学当教授，他认为教授职称是最重要的，不达到这个目的誓不罢休，得到这个东西以后什么也不干了，学问跟他就没有任何关系了。职称这个东西，就是一张纸，你成为这样的教授，有什么意义呢？教授只不过是你人生当中一个很小的标志性的阶段而已，你作为学者的使命是做学问，爱学问，探究真理，带着激情和兴趣研讨这个世界。有些人忘记了这个内在，只追求外在，一辈子追求表面的功名利禄，不知道自己要活什么，这个是很麻烦的。

我举一个小例子。我在北大读本科时，大一的时候，跑到《北京大学校刊》去了，一方面我觉得在校刊服务可以写文章，锻炼自己的写作能力，另一方面，校刊有很多机会，可以接触很多优秀的老师。我在校刊大概待了六七年，一直到读研究生我还在校刊服务。我在校刊的团体中是很特别的，我从来没有成为校刊记者团的正式成员，我觉得这个东西不重要，我也没有任何想成为校刊记者团团长或者副团长的概念。我当时唯一的理想，是有机会接触那些我心目中敬重的大师，从他们身上学习更多的东西，以提升自己的学问和精神境界。当时访问这些大师的任务很多都落到我的头上，比如采访东方学系的一代宗师季羡林先生、中文系的著名诗人和学者林庚先生、考古系商周考古第一人邹衡先生等，这些人都是当时的大师级人物，阅历丰富，学问高明，境界极高，我得到这些机会，极为难得。

现在回想那些年在校刊的服务生涯，我是抓到了内在的东西，我没有浪费那几年的时光，真的体会到了老北大的那种精神，感悟到了这些大师的精神世界，那种风范对我的终生产生了影响。而有些同学进入校刊，是想能不能争取记者团团长，好写在自己的简历上；有些同学知道服务于校刊可以获得保研机会，要好好表现，这些就是舍本逐末了，把最重要的内在扔掉了，追求那些外在的东西。而持这种思路做事的人，会终生沿着这个思路走下去，直到生命的终了。读书时他拼命要把考试成绩搞好，要争取出国，出国之后要找个体面工作，找工作要找多赚钱的让别人都羡慕，结婚要找一个高富美来炫耀……总之，他一切的行动目标都在追求外在，他的方法论是一致的、终生一以贯之的，这就很危险。这样的人，一辈子生活都很不笃定，很不淡泊，老是在追求一些浮华的、浮躁的、外在的、表面的东西，而忘记了真正的内在。

第五，要过一种超越的生命。 一个人年龄越大，他越需要超越，因为年轻的时候他还没办法也没有资格超越。比如年轻时你要找工作，而且必须找一个好工作，父母对你有期望，你没办法太超越。但是年龄越大越要超越，如果一个人年龄越大越功利的话，这个人就无可救药了。孔子讲到，一个人的人生有几个大的阶段，他的少年时代是"志于学"，十四五岁需要充实自己，"志于学"不仅仅是一般的学习知识，他要立志，要有清晰的愿景，有一种未来的期许。"三十而立"，立什么呢？要把自己终身的信仰和生活目标立起来，在事业上有一个目标，家庭上有一个目标，生命上有一个目标。

"四十而不惑"，就是不被外在所诱惑。不被诱惑很重要。"四十而不惑"是你在任何诱惑面前安然不动，不受惑于人，不受惑于功利，不受惑于声名，而坚定地做自己应该做的事情。你拥有自己的目标，"君子务本"，知道自己的"本"在什么地方，谁也诱惑不了你，谁也撼动不了你。孟子说"我四十不动心"，就是"四十而不惑"的意思。"五十而知天命"，就是知道上帝在你身上赋予的使命是什么。知天命，就是知道自己的使命和局限性。我知道我的所长在什么地方，我也很清楚我的局限性在什么地方；我知道我能做什么，不能做什么。如果一个人到了五十岁，还不知道自己的局限性的话，那就麻烦了，他会不知天高地厚，做一些自己做不了、不适于做也不应该做的事，那就糟糕了。

"六十而耳顺"。到了六十岁的时候，一个人就变得越来越超越了，什么叫"耳顺"？就是说你的耳朵既能听得进好的，也能听得进坏的，好坏无所谓了，有人骂你，诋毁你，不用管他；有人赞誉你，把你捧到天上，也不要管他。因为这个时候你已经超越了自我的利益，超越了自我的名誉，超越了自我的功利，你只是要做自己应该做的事而已，要完成你的使命、履行你的职分而已。"七十而从心所欲不逾矩"。到了这个年纪，你达到了一种海阔天空、非常自由的境界。

冯友兰讲到一个人一生会经历四个境界。小时候是"自然境界"，你是一个自然人，很天然，很纯朴，无知无识，无欲无求。长大之后，在青年和中年时期，是"功利境界"，追求功利目标，我要成名成家，我要发财，我要光宗耀祖，这些促使一个人去奋斗，但是他的目标是功利主义的。第三个境界是"道德境界"。当你年龄到五六十岁的时候，做银行家或企业家不能坑蒙拐骗了，要做一个优秀的银行家，要对社会有责任，要做一点慈善。做政治家不能只是关注争权夺利，而是要实现自己的政治理想，要为百姓做点有益的事情了。很多人到了五十岁开始搞慈善事业了，因为他的道德境界出来了，他已经超越了他年轻时的功利主义追求。最后一个境界是"自由境界"，到了一种"随心所欲而不逾矩"的境界。什么叫自由呢？就是一个人即使自由地去做任何事情，也不会突破道德底线，不会突破规矩的，而是始终符合价值原则。因为到这个时候，这个人已经"成"了，中国人讲"成人"，就是这个道理。这个人已经完成了自己，他完全尊重内心的愿望去做事，但是，他跟外在的道德要求又是严丝合缝的，没有任何的不和谐的情况。这就要求我们生命具有超越感，超越自己，超越功利，超越短期，超越外在，着眼于大众，着眼于公义，着眼于长远，着眼于内在的追求。你做大学问也好，做大事业也好，想自己想得少一点，甚至到了"无我"的境界，你整个人也就完成了。有些人当了省长还在考虑我弄几套房子呢？有些人当了大企业家还想我将来可以分多少利润和股份呢？这样想的话，你的格局就小了，在这样一个生命的阶段和层次上，你还考虑这些比较卑琐的形而下的问题，就没有任何意义了。我们要学会超越，使自己达到一种自由的境界。

刚才分享了五个关键词，希望大家过一种独特的生命、丰富的生命、均衡的生命、内在的生命、超越的生命，这五种生命当然也是我这么多年一直在思考和探索的事，没有做到，但略有一些心得，作为学期末的结课赠言，供同学们参考。

2014 年 12 月

论儒家成人之道[1]

一、人统：
中国的学问是身心性命之学

今天跟诸位报告的题目，是儒家成人之道。这个"成"，是一个人心灵的成就和生命的达成。一个人到了中年，当自己的生命、事业都到了一定阶段之后，我们对于自己整个人、整个生命都应该有一个更深入的、全新的觉解。如果仍然仅仅从一些一般的、形而下的、"术"的层面来探讨

---

[1] 本文根据作者 2015 年 5 月 15 日在北京的谈话录音整理而成。

事业与成功的话,不能说完全没有意义,可是对诸位的生命感悟,就没有什么价值。

现在大家都在提倡读经典。怎么来读经典呢?我体会,经典,尤其是《周易》《老子》《论语》《孟子》《庄子》这样的经典,正确的读法应该是拿自己的生命体验与这些经典来对话,这样你获得的教益必然深刻而丰厚。所有这些古代经典,主要是讨论一个人生命的展开,一个人生命的完成。中国的学问概括起来,实际上就是身心性命之学,跟西方的学问传统是不太一样的。

历史学家钱穆先生曾经讲过,西方的大学的传统,大概是以事统和学统为主,事统就是教人做事的一套方法,学统就是教人研究学问的一套方法,西方的大学大概是以这样的传统为主的。中国古代的大学之道,它的目的不仅仅是事统和学统,或者说不仅仅是经世致用的或以知识为目的的传统,我们中国的大学教育更看重的是人统。所以钱穆先生说"三统"当中人统最重要,而中国的学问传统大概以人统为主,兼及事统和学统。我觉得这个观点很中肯,西方的大学教育跟中国传统的大学教育区别就在此。所以中国人说大学是干什么的呢?是在"明明德",明生命的使命所在,明生命开展之方法,明生命完成之方法,这叫"明明德"。是在"新民",就在于生命每日的自新,有一个新的自我,新的完成。是在"止于至善",达到最高的生命的目标,臻至生命和道德的完善。这是中国人的学问传统。

从《周易》《论语》《老子》这些经典来看,中国人讲生命,主要涉及两个方面。一个方面是内在生命的觉醒、成长、完善和完成,这需要一个人很强的对内在生命的自我反省能力、感知能力。当下这个社会相当浮躁,而内在生命的完成恰恰要避开这个喧嚣,通过内在生命的反省,同时通过生命的实践,达到对生命更高的追求与完成。所以在《论语》第一篇里面,曾子讲过一句话,"吾日三省吾身",这个"三省"是指持续不断反省之意。他说:"为人谋而不忠乎?与朋友交而不信乎?传不习乎?"这三个方面,第一个方面是说一个人在社会上做事的方法,要忠心耿耿,忠于职事,要敬业,要努力把事情做得完美,以不负所托,这就是"忠"。第二句,"与朋友交而不信乎?"这涉及人际交往间的关系,这里面主要是"信",是诚信,是信实,是说到做到,言行一致,表里如一,这叫"信"。信是内心的活动,同时又取信于别人,如此则一个人就会营造一个很好的人际关系,他的人脉好,人人愿意信任他。其实人际关系不需要太复杂的经营手段,其核心就是简单的一个字"信",自己拿诚信对待别人,取信于人,就这么简单。同时,中国传统知识论当中也特别强调践履,践履指的是一个人的实践和行动,要做,而不只是说。所以中国人讲"行思结合""知行结合"。王阳明提出来"知行合一","知行合一"看起来非常非常简单,他说"知是行之始,行是知之成",行的开始就要有知,不能乱行,但是行动才是知的真正完成,能够将所知落实到践履,才表明你的"知"真正完成,达到了真知,要不然那是假知。"传不习乎"中的"习",主要是讲践履,即将老师传授的东西落实到践履,这是很关键的!有些读书的人,恰恰没有体悟这个"习"的真正内涵,以为是不断复习啊、复习啊,这就把经典读歪了,读浅了。

有一句话经常被大家误解,就是"学而时习之,不亦说乎"。大家注意,这个"学而时习之"的"习"并不是我们所讲的复习的意思,老是复习有什么深刻的快乐可言呢?《论语》讲的"习"并不是复习,而是实践、实习、践履、行动的意思。从古文来讲,"习"是上面一个羽,下面一个白,指的是一个羽翼未丰的小鸟习飞、试飞之意。孔子为什么讲"学而时习之"很快乐呢?就是你学到了一个道理,去不断地实践,去行动,用行动来检验知识本身,深化对于学问的理解,同时创造新的学问。这是无比快乐的。"学而时习之"实际上就是"知行合一",中国的哲学既强调学,同时更强调实践的部分。实际上中国的学问是一个实践的学问,中国人不太讲知识体系,像西方的苏格拉底、柏拉图、康德,西方这些思想者强调知识体系和逻辑体系,但是中国人的学问不强调知识论本身,而是强调实践,强调在实践当中充实生命,完成生命,这是内在生命,就是我们一个人的完成。

生命还有另外一个层面,就是外在生命。外在生命的展开指的是你要构建一个自我跟外在的关系,把你个体的生命跟其他人和整个世界相结合。这就涉及心与物的关系,物当然也包括人、万物、世界。中国的学问到了宋明,有一派叫"心学",心学派代表人物就是陆王,即陆九渊、王阳明。实际上我认为心学的始祖是孟子。孟子在中国思想史上拈出"心"这个字,并十分崇尚"心"的作用。孔孟是不太一样的。前几天我有几位同窗在微信圈里讨论这个问题,有个同学说,我读《孟子》极有兴趣,读《论语》就觉得无聊,因为孔子的话太平淡了。实际上,确实孔孟在气象上、在学问的宗旨上、在行动的方向上,是不太一样的。孟子师从孔子的孙子子思,继承了孔子的学说,但是孟子开创了一套全新的儒学,这套儒学跟传统儒家,尤其是跟孔子学说有所区别。孟子强调心，你在《论语》当中几乎找不到"心"字，但是"心"这个字在《孟子》当中经常谈到。而且《孟子》第一次提出了"气"这个范畴，《论语》里面也很少谈到"气"。孟子说"吾善养吾浩然之气"，"浩然之气"是什么东西呢？是充溢于心胸的一种大丈夫之气，是"富贵不能淫、贫贱不能移、威武不能屈"的一种大丈夫之气。可是这个"气"很难看见，它是一种心灵的活动，是一个人的气象、气韵、气质，是一种主观的东西。心学就是强调一个人的主观意志，强调一个人的心的力量，所谓"宇宙即是吾心，吾心即是宇宙"，也是与"天地上下同流"的"心"。这个始自孟子。

孔子的学说是一种质朴无华的学说，他很少唱高调，很平实，孟子则雄辩滔滔，气概非凡，有天风海雨之势。由孟子以下，由陆王心学开出来的这套系统，强调"心外无物"，强调人的主观力量。可是你知道，"心外无物"不是跟物去相对，而是心不染物。我们平常会遇到各种各样的人，碰到各种各样的事，遭遇各种各样的欢喜跟烦恼，可是你要注意，心外不能有物，不能被这个东西所缠绕、所羁绊。好多人说这有点像禅宗，心外无物，超脱世外，那不是道家和佛家的讲法吗？其实这个思想在中国的儒家当中早就有了。当然，老子强调"圣人无我"，庄子也强调"独与天地精神往来"，孟子更说"上下与天地同流"，宋明哲学家说"万物皆备于我""吾心即是宇宙"，等等，这些话其实都概括了一个东西，就是我们跟外界的关系，就是你如何应对外物，如何驭物应人，如何处理跟他人、跟团体、跟外界、跟国家、跟世界乃至于跟天地万物的关系。

儒家的性命之学，讲命，"不知命，无以为君子也"。命有两个，一个是生命，一个是使命。生命有两个，一个是外在的生命，一个是内在的生命。我们读经典，不是学知识，不是背文字，这些都非常无用。读任何经典，都要把生命拿进去，融合自己的生命体验，以生命来诠释经典，以生命来验证经典，以生命来重构经典，这才叫读通了经典。否则的话，《老子》五千言很容易背，《论语》两万三千字大部分都可以背，可是背完之后干什么用呢？只是做个"文字汉"。读经典的最终目的还是要改变我们的生命状态。

很多人说，中国人现在的问题完全不出在物质世界，问题全出在生命，尤其是内在的生命方面。中国古代的学问恰恰是强调我们要"为己"，完善自己的生命，完成自己的生命。《论语》里面讲到一句话，"古之学者为己，今之学者为人"，这句话什么意思？古代的求学之人，他的目的是"求己","己"是什么东西呢?"己"就是自己生命的完成。"今之学者为人",孔子那时候就发现,很多人做学问是"为人","为人"可不是为人民服务,而是为了让别人认可自己。我拼命搞学问,为了得到一张博士文凭,让大家知道我是一个博士;我拼命搞学问,为了得到一个教授职称,让大家知道我是一个教授;我拼命画画,为的是大家承认我是一个大画家,为了得到那个"名",而不是"实"。这种做学问的方法我们叫作"为人",就是你做的一切都是为给别人看的,不是为了自己的生命的达成,不是为了自我的满足而去求知求学,而是为了获得他人的认同。

二、成人:
精神境界的超越与生命意义的觉醒

刚才讲了,儒家强调身心性命之学,所以儒家全部的宗旨都在于成人,所谓成人,就是你作为一个人的完成。诸位在日常的生活和工作当中,往往忙碌于琐事,而把这个最重大的事给忘了。你脑子里面都是老板的任务、今年的业绩、家庭琐事、职称、收入、财富,等等,可是最终一个人一生,不过百年时间,应该想想如何成人,即最关键的是要"成为什么样的人"。成人不光是世俗意义上的成功,西方讲成功学,可是中国传统当中讲到的是成人,这个成人主要还是一种精神境界的超越和生命意义的觉醒。人和人看起来都很一样,假定两个企业家放在一起,两个人在世俗意义上都很成功,可是从"成人"这个角度来看,其中有一个人也许是完全失败的,一个人是成功的,为什么?因为有些企业家经营企业,他的目标可能只强调世俗意义上的目标,而有些人管理企业,则把企业视为他的生命寄托之所在,他管理这个企业是为了完成他自己的生命和使命。同样两个教授,看起来都写了若干的书,都有博士学位,都得到教授的职称,可是你发现,也许这两个教授有天壤之别:一个教授可能有很高的境界,有广博的学问,有高远的学问追求,对自己的职业使命有非常深刻的理解,甚至有"为往圣继绝学、为万世开太平"的宏愿;可是另外一个教授,也许就是混了张文凭,混了一个职称而已,他关注的境界与一般世俗意义上的普通人没有不同。这就是生命的觉醒不同,感悟不同。孔子有句话:"朝闻道,夕死可矣。"假如一个人在临死之前说我这一辈子很满足,那他是为什么呢?是因为他知道"道"之所在了,他感悟到

"道"了,死而无憾,一生得到了极大的满足,因为他悟到了生命当中最关键的东西。当然这个"闻道",并不是"听到"一个道,而是"悟到"一个道,他用自己的生命悟到了,而不是简单地从别人那里听到了一个道理。这个"道"不是一般的道理,也不是一般的关于世俗中的成功之道,而是生命之道。

一个人在到了四十多岁这样一个生命阶段,假如你对于生命还没有一个沉静的心态来感悟和觉解,我想是不行的。到了这个年纪,应该对自己有一个更高的把握,不去遵从世俗的东西,我们既要学会顺应这个世界,又要有自己独立的生命主张与生命姿态,不要随波逐流、不由自主。孟子说:"我四十不动心。"达到这样的生命高度,你才感觉生命很值得过,你这个生命是独立自主的,是有尊严的、有追求的、有价值的,不是被人牵着走的。

孔子在《论语》中有一段大家很熟悉的话,描述他自己的生命轨迹:"吾十有五而志于学,三十而立,四十而不惑,五十而知天命,六十而耳顺,七十而从心所欲,不逾矩。"这段话,我想是个中国人都应该深刻地理解它,这是孔子思想中非常精妙的一部分,讲到生命展开和完成的一个完整的轨迹。

"吾十有五而志于学"。这个"学"不是学写字、学数学这些东西，它主要还是生命之学，关于修身、立德、成人的学问，不是一般的技术性的学习。

"三十而立"，立什么呢？历代注释者常把"立"翻译成立室、立家、立业，我觉得这是偏颇的、肤浅的。"立"的不是有形的"家"和"事业"，也就是现在人所谓的三十岁结个婚找个工作，而是"立"一个生命的方向。三十岁了，应该确立一个高远的生命目标，一个生命的宗旨和方向，如此一个人才站得住，才行得稳，才走得远。

"立"这个生命的方向可大可小。我有一个学长，他在北京大学本来是学习国际关系专业的，后来在商业上也获得了很大的成绩，可他在十几年前、近四十岁的时候忽然迷恋上家乡的传统漆器，他就立志要恢复中国传统的漆器艺术，专心做漆器，安心做一个漆匠。他觉得他有这个使命，要复兴这门学问。在一般人看来，这个事很小，可是在他看来，这个事很大，关乎中国的传统，关乎中国的精神。所以"立"这个东西，无大无小，关键要看一件事对自己的生命有没有感召，这很重要。我相信大部分人都不是因为生命感召而做一个工作，而是工资感召你，所以必须做这个工作，因此早上起来到公司和单位点个卯，晚上按个指纹回家,他对于生命的使命完全没有感觉,他对于上天赋予他的使命完全没有觉解,不明白造物者放他在世界上走八九十年是干什么。这就叫三十没有立,有些人可能到了七十还没立,没有确定生命的方向。

"四十而不惑"。"不惑"是不迷惑,我认为"不惑"主要还是一个人在面对得失时的抉择问题。一个人到了四五十岁,还会被很多东西所诱惑,这个人就没有达到成人的高度。有些人到了六十多岁,到了他生命当中所获得的世俗职位最高的时候,仍然被诱惑,比如部级高官,还在为了几套房子铤而走险,真是愚蠢至极。这说明他在这个年纪还没有过"不惑"这一关,总是患得患失,在得失面前还不淡定,为小利所诱惑。孔子说:"无欲速,无见小利。欲速则不达,见小利则大事不成。"有人给你一千万,你立刻觉得一切信仰和规则都无所谓了,事业与名誉也无所谓了,操守无所谓了,这说明这个人还没有达到不惑的程度。

"五十而知天命"。天命是天赋予你的使命,五十就应该了解自己天赋的使命,上帝赋予你什么东西,你存在在世界上的理由是什么。

"六十而耳顺"。"耳顺",主要是如何面对毁誉的问题。儒家的观点认为,一个人必须独立,面对毁誉应该独立不倚,老子也说"独立而不改"。你对毁誉没有感觉了，淡然处之，别人毁你你也觉得坦然而不沮丧，别人誉你你也觉得坦然而不欣然，如老子说"举世誉之而不加劝，举世毁之而不加沮"，这个时候你就达到了"耳顺"的程度。可是一个人在年轻的时候，达到这个高度不容易，往往听得进"誉"，而听不进逆耳的"毁"。

"七十而从心所欲，不逾矩"。达到生命的这个高度，就会感觉到做任何事从容自如，达到一种庄子所讲的"独与天地精神往来"的程度，这个境界是非常非常高了。这既是一种自由境界，进入了自由王国，又进入了一个必然王国，一个人顺其自然而动，但又绝对合乎这个世界的规则与道德仪轨。这是生命的"化境"。

三、畏命、知命、达命：
儒家的生命感与使命感

儒家讲到的性命之学，既讲生命的规律，又讲使命。西方的宗教中经常讲使命。一个人到什么样的生命高度，既取决于这个人的知识、能力、天赋、悟性，这些东西非常重要，但更多的是取决于你这个人对自己人生使命的认知和洞察，如果这个人对自己的使命不了解，没有认知，就不可能达到非常高的生命高度。所以中国人讲天命，天命是什么呢？天命就是关于一个人他是什么、为什么和如何做的总定义。天命的这种感悟，可以使一个人达到相当高的高度，当然，有些人可能一辈子没有感悟到自己的使命。有使命感的人和没有使命感的人，他的生命高度是不一样的。上天在一个人身上安排了什么使命，就决定了这个人如何来生存。这里面当然得不断地对自己进行深刻的省察。

一个人的使命要超脱于自己的世俗职务之外。如果你把这个使命忘记了，把自己的时间和生命放在一些无关紧要的、世俗意义上的东西上，我认为这就辜负了自己的使命，浪费了自己的生命。这个东西最是要紧。

所以我经常跟学生讲，一个人一辈子有两个"感"，一个叫生命感，一个叫使命感。什么叫生命感呢？你得对生命有一个自觉，要认识和反省自己的生命价值和走向。《周易》中有一卦叫"大有"，那一卦中讲到"顺天休命"，你都不知道自己的命在什么地方如何顺天呢？"顺天休命"，前提是对自己的生命有把握，有觉解。就是在你生命的不同阶段要做不同的事情，要有一个清醒的自觉。所以我跟学生讲，你在这个阶段必须做这个事，假如不做的话，你也许就永远不可能再做了。诸位在大学，或者是读研究生的时候不好好读书，以后再认真读书这个可能性就不大了。再如谈恋爱，你说我在四十岁之前不谈恋爱，我要做事业，四十岁之后的那个恋爱叫恋爱吗？四十岁谈恋爱，满脑子都占据着世俗的东西，哪能体会少男少女那种纯洁无染不顾一切的心态？一个人在不同的生命阶段，就要干不同的事情，不能狂乱，不能盲目，不能颠倒，也不能空白，因为生命是不可逆的。

可是我们现在大部分人的生命都是浑浑噩噩、糊里糊涂、随波逐流，完全没有生命感，有些人到了四十八岁，快五十了，还觉得自己很年轻，还没有进入一种真正的中年状态，还没有意识到自己的生命在这个阶段应该具备的气象、胸襟和使命感。因为我们这个时代，时时刻刻在教导我们要有年轻的心态，这是个非常错误的教导。你到了五十，就应该干五十岁应该干的事，我看到有些人五十还在自欺欺人地妄图保持一种年轻人的心态，还在狂乱，这就不合适了，不仅太奢侈，而且很危险。作为一个企业的老总，五十岁你要好好考虑这个企业如何才能有百年的生命，要好好培养接班人，要好好履行社会责任。作为一个教授，五十岁的时候，你就要好好考虑我能培养几个优秀的年轻人，考虑如何写一些真正有价值的文章，而不是为了糊弄一个职称。有些人完全没有生命感，在应该达到某种状态的时候、应该具备某种气象的时候却没有达到、没有具备，这并不是因为他不聪明，而是因为他没有生命感。

使命感也很重要，决定一个人的高度。孔子这个人极有使命感，《论语》中几次记载他在非常穷困潦倒，甚至在面临生命威胁的时候，都非常坦然，"弦歌不辍"。孔子困于陈蔡，学生们都非常着急，没有吃没有喝，被别人围困，而且有可能被杀头，此时孔子仍然在抚琴唱歌。弟子们非常不理解，像子路就问，老师，你怎么还顾得上唱歌，一会儿那个人就杀过来了。孔子说了一句很豪迈的话，这样豪迈的话，《论语》当中很少见。他说："天生德于予，桓魋其如予何？"桓魋是当时要过来劫杀他的人。孔子说老天在我身上是有寄托的，老天是赋予重任在我身上的，这个坏蛋能把我怎么样呢？放心吧，没有什么事的。我读到这里的时候，感到孔子内心的力量太强大了。你看孔子这个人自信多大！他对弟子们说，不要怕，你们老老实实给我坐着弹琴唱歌，桓魋对我来讲毫无意义，因为老天在我身上是寄托了使命的，我要完成这个使命，我不完成他是不会让我死的,你们放心好了。

这句话让我想起《圣经·新约》当中有一段,约翰这帮人在船里面,海上起了大风,这时候他们开始向耶稣呼喊,耶稣则坐在船上呼呼大睡。后来约翰这帮人摇醒了他,说老师,你怎么还在睡觉呢,我们就要死掉了,在海上遇到了暴风。这时候耶稣擦擦眼睛,醒来了,哎呀,吵什么吵嘛,有我会翻船吗?我是上帝之子,我是有使命的,怎么可能死掉呢,你们的信心不足啊。这一段当然是很有宗教感的,可是耶稣和孔子,在使命感上是一样的。为什么一个人达到这样的自信呢?很简单,因为他有使命感。

使命感这个东西很重要,可是很难说清楚。然而诸位,我们自己必须有一点使命感才行,才能把你自己的自信提高到一定的高度,才能不被日常世俗的东西所纠缠,才能不被功利所绊住,你才能不被平时别人的毁誉、生命当中遇到的坎坷苦难甚至更大的人生灾难所打倒。一个人的成就多高,跟他的使命感多强是有关系的。比如,两个人都获得博士学位了,可是一个人十几年之后几乎就完蛋了,什么学问没有,另外一个人有可能成为某学科某领域开宗立派的大学者,使得生命变得有意义,有价值,这里面的区别在什么地方呢?就是使命感,你没有为"往圣继绝学,为万世开太平"的使命感,你怎么去做学问呢?

儒家讲命,一个叫畏命,一个叫知命,一个叫达命。畏命就是敬畏,现在很多人放纵自己的生命,随意地对待生命、挥霍生命,这是很危险的。很多人做一些不好的事情,想放纵一把,这个小小的放纵使他脱离了正常的轨道,根源在于他不畏命,不敬畏生命,内心没有敬畏感。第二个是知命。知命就是对自我的觉醒。第三个是达命。什么叫达呢?达就是生命之通达,生命之完成。所以孔子讲"己欲立而立人,己欲达而达人",就是你自己要完成什么,你也帮别人去完成什么。这个"达"最终是达到自己真正的完成。

四、守仁、立志、反省、超越:成人之道的四个要点

儒家成人之道的最终目的是完成自己。读完《论语》之后,我们必须抓住其中的一些精髓。我体会,儒家成人之道有几个方面非常重要。

第一是守仁。守仁,就是要守住自己的仁德。孔子

在《论语》中有一句话,"志士仁人,无求生以害仁,有杀身以成仁",很多人说这不是教我们做烈士吗?平常人怎么敢去做烈士呢?这种理解是肤浅的。大家不要觉得"杀身以成仁"就是教大家做烈士,并不是要我们把自己的生命牺牲掉去成就仁德,"杀"是去掉,身即是物,孔子讲杀身并不是简单地强调牺牲生命去换取仁德,这是非常狭义的理解,因为一般老百姓不可能拿生命去换取什么。"杀身"是什么意思呢?就是去掉自身有害于仁德的弱点,就可以成就仁德。当然要克制并去除自身的弱点非常难,这些弱点在我们身上根深蒂固,而且外面的诱惑太大,足以捆绑我们,使我们固守弱点而不自知。

孔子讲到"三戒"。一个人少年之时,"血气未定,戒之在色"。你如果在年轻的时候不被色所诱惑,把色欲杀掉,那你就成仁了,你就不容易犯错误。说到中年,他强调"血气方刚,戒之在斗"。毛主席强调斗争哲学,有他的历史背景。但我们最好在日常生活与生命修养中不要好斗。中年时期不容易恬淡虚无,不容易虚静无为,而容易暴躁、欲望太盛、火气太大,对功名利禄往往看得很重,所以就经常与人起争斗。愈争斗,贪心愈盛,愈不容易满足,人际关系愈差,内心的幸福感愈弱。所以在中年时候,要勇于退,勇于放弃,勇于舍掉，要把名利看得淡一些，斗志不要那么强。

老年时期，"血气既衰，戒之在得"。一个人到了老年，正如滔滔江水入海，应该极其从容博大、忘怀得失，一切顺其自然，这个时候最大的祸患，就是贪得无厌。到了老年，资历深了，容易有骄傲情绪，容易居功自傲，容易颐指气使，容易渴望荣誉和地位，因为这个年纪害怕别人藐视，害怕得不到别人的承认。所以，这个年纪对荣誉、对地位、对钱财，反而少一份戒心。实际上，老年要轻松自在，就要把名利置之度外，欣然于"少得"，争取"不得"，争取"有缺"。曾国藩老年题堂名，叫"求阙堂"，"求阙"就是不求圆满，反而求缺乏，求空白，这是一种大智慧，就是要使自己的本心更加淡泊，更加谦逊，对尘世少一些依恋，少一些妄求。本来曾国藩到了他的鼎盛时期，什么也不缺了，官位有了，爵禄有了，财富有了，家庭幸福，子孙满堂，而且教育得非常好，他要求缺，因为太完美恰恰是一个人将要走下坡路甚至覆灭的标志，一个人"得"太多，恰恰是你将要"失"的标志。一个人不小心得了太多的名和利，你就要特别特别谨慎了，当无数人都夸赞你，都奉承你，社会给你各种过度的荣誉和地位的时候，你这个人离覆灭就不远了。此事要特别谨慎，要舍掉这些累赘。

孔子所谓"三戒",也就是要"杀",去除我们身上这些致命的弱点,抵御外物的侵蚀和诱惑,只有"杀身",才能成仁。而不能为了求生,不能为了求取自身的满足,而有害于仁德,而做出不好的事。

第二是立志。孔子在立志方面讲得非常多,他说"士志于道",即是说我们的立志要在一个很高的"道"的层面,不要过于功利。立志务要高远,才能有强大的动力,才能有坚忍的精神,才能有不懈的进取心。立志的高远和脚踏实地的奋斗不矛盾,不要以为立志高远就是好高骛远,这是两回事儿。

第三是反省。要勇于反省自己,勤于检讨自己。曾子所谓"一日三省吾身"也。苏格拉底也说:"会反省的人生才有价值。"现在的人很少会反省自己,自恋的人比较多,不能听人家批评,当然更不会自我批评。反省就是"知耻近乎勇",这需要很大的勇气,需要自我批判,也需要乐于倾听别人的批评。诸位,不管你年龄多大,都要听得进批评,而且年纪越大,听到别人批评的机会越是稀少,应该特别珍惜。有些人说我现在五十多岁了,我还用别人批评吗,我现在都到了批评别人的时候了!错了,如果这个时候还有人批评你,你还能听到别人的批评,那是你最大的福气。

有一天我去看望我的研究生导师，他老人家已经在新加坡定居，偶尔回北京看一看。我一坐在导师面前，就感觉非常之踏实，我还是像二十多年前一样要接受他的教诲和批评。直到现在，我的导师对我还是直接就批的，毫不留情面地当面严厉批评。当然批得我很舒服，为什么呢？我知道在我今天这个年纪，要想找人批评自己都很难了，所以有老人家愿意当面棒喝我，那是多大的福气！他那天很严肃地说，在学院当中，一面做学问一面又要承担学院管理的责任，是双肩挑，可是你注意，你不要双肩挑最后变成一肩挑了！不要搞来搞去，学问不要了，光去做行政了，那是很危险的！另外，一个学者到这个年纪，总有很多人请你到各地讲课，你不要太得意，不要到处讲，不光身体疲惫不堪，最后学问也搞没了！老师的话真是醍醐灌顶，当头棒喝！为此我特别感恩我的导师，每次跟他在一起都会受益很大，总是给我很多反省自己的机会。所以要学会倾听别人的批评，但是，更多的还是要靠自己反省，靠自我检讨，要会学习。我们还要懂得"慎独"，懂得谦慎。

第四是克己。孔子讲过："克己复礼为仁，一日克己复礼，天下归仁焉。"这句话以前经常被人批，说孔子是维护奴隶主阶级利益的，要克己复礼，复什么礼？复周礼，就是恢复奴隶主阶级的统治。这样来解读经典，就太狭隘太肤浅了。两千多年后再读这句话，就不能这么看了，要以更加超越的眼光去解读。克己就是要克制内心深处过度的欲望。人没有欲望不行，可是欲望过度是不行的，所谓克己，就是把自己多余的甚至不好的欲望去除掉。什么叫复礼呢？复礼并不是简单的恢复礼制，复礼是恢复内心的秩序，这个礼就是秩序。孔子讲礼乐秩序，礼就是秩序，可是我们知道，这个秩序有外在秩序，也有内在秩序。我们"克己复礼"，主要的目的是为了恢复内心的秩序，让我们的心平衡，看到任何的名利、诱惑都感到非常从容，非常淡定，达到这样的高度，才叫"克己复礼"。因此，这个"克己"并不是被动的，而是主动的。当然，"克己"非常难，孔子有一个学生原宪问孔子："克伐怨欲不行焉，可以为仁矣？"即如果一个人没有了好胜之心，没有了骄矜之心，没有了怨恨之心，没有了贪欲之心，这样算是有仁德了吧？孔子说，这个事难能可贵，要做到这个事很不容易，不好胜，不骄矜，不怨尤，又没有贪欲，很难，但是"仁则吾不知也"，离仁德的标准够不够我还不太清楚。

要做到没有克伐怨欲，确实难乎其难。在当今世界，在竞争的氛围中不好胜可能吗？企业不好胜能做好企业吗？人不好胜能成为好员工吗？很难。一个人有很高的地位，很好的才华，他能不骄矜，这个也很难。一个人对周围的事物尤其是困境坎坷以及别人的误解能够坦然对待，从来都是无怨无尤，这个也很难。日常的生活当中，太太在抱怨丈夫，丈夫在抱怨太太，下属抱怨上司，上司抱怨下属，老师抱怨学生，学生抱怨老师，比比皆是，怎么能没有抱怨呢？老师抱怨说，这一代学生完蛋了；学生抱怨老师，说这一代老师完蛋了。到底谁完蛋了呢？大家注意，当你在抱怨时，其实是自己完蛋了。当你看到一个太太抱怨丈夫的时候，你知道，这个太太完蛋了，什么完蛋了呢？一个太太对丈夫的尊重心、敬畏心、信任心没有了，即表示他们的关系已经到了崩溃的边缘。一个老师抱怨他的学生的时候，说明老师已经不称职了，孔子讲"有教无类"，你怎么能抱怨这一代学生不行了呢，这难道不表明你这个为人师者不能胜任吗？所以，要做到没有克伐怨欲，真是不易。一个人忘怀得失，不怨不尤，不忧不惧，这个事太难了，孔子说，"仁者无忧，智者无惑，勇者无惧"，达到不惑、不忧、不惧这个境界就非常了得了，我相信这里面主要还是克己的功夫。

　　孔子说："臧武仲之知，公绰之不欲，卞庄子之勇，冉求之艺,文之以礼乐,亦可以为成人矣。"孔子说,你要成人,必须首先要有智慧。二是要不欲,去除贪欲才能成仁。三是勇,知耻近乎勇嘛,要勇于知道自己的不足。还要像冉求一样多才多艺,同时还要文之以礼乐,用礼乐来修饰自己,不能质朴无文,"质胜文则野",很朴野,那不行。知、不欲、有勇、多艺,再加上礼乐,这五项够了,就可以成人了。但是这五项当中,无欲是最重要的,当你有欲的时候就没有理智可言了,就没有刚强可言了,就没有判断可言了。所以孔子讲"无欲则刚",当你这个人不欲的时候,有清醒的判断的时候,你的"用舍行藏"都对。孔子在《论语》当中讲到"用舍行藏"这几个字,"用"是用世,"舍"就是舍弃,"行"就是行动(出来做事),"藏"就是把自己藏起来,就是孔子说的"卷而怀之"。有时候你要用,有时候你要舍,有时候你要行,有时候你要藏,可是你判断"用舍行藏"的前提是什么呢?我认为前提是"不欲",你要是充满欲望的话,就没办法判断用舍行藏。

所以,达到无欲、克己,才能达到身心的完全自由,达到对自我的超越,这里面,西方的宗教、中国的道教、中国的佛家都在讲克己无欲以及成圣,古今中外讲的东西没什么差别。道家讲清心寡欲,儒家讲不欲,佛家讲六根清净,西方的宗教讲"脱离这世界的捆缚",这都是教一个人去除欲望,才能不忧不惧,才能成圣。

如果你还有各种多余的欲望,还不足以成仁。孔子说:"士而怀居,不足以为士矣。"假如一个人还怀念自己的住处,这个人很难成为一个真正的士,因为他脑子里面贪恋太多。他还讲:"见利思义,见危授命,久要不忘平生之言,亦可以为成人矣。"儒家的成人的标志,并不是教一个人不食人间烟火,并不是教一个人脱离尘世,你照样用世,做企业好好做企业,搞学问好好做学问,挣钱好好挣钱,要当官好好当官。可是,你要有一个自由,这个自由是建立在不贪的基础之上,你才能出入自由,行藏皆宜。这就达到一种身心的自由。也就是孔子讲的"无适无莫"。孔子讲:"无适也,无莫也,义之与比。"适就是做什么,莫就是不做什么,没有说你必须做什么,也没有说你必须不做什么,只要合适就行。所以你看孔子这个人,实际上他的学说非常灵活,他一点不学究气,"无适无莫",出入自由,达到了自我的超越,"从心所欲而不逾矩",每一个行为都对,因为你对外界没有贪恋,不被这个世界捆缚。如果你心里贪恋着高位,总在想什么时候被提到副总裁的位置,那么你见了董事长和总裁,必然会失去你平时应有的风范和气概,因为你有贪欲。如果你没有什么上进的欲望，也不想当副总裁，就是秉着敬业忠诚的本心去工作，那么你见了总裁和董事长，仍然会非常自然地、不卑不亢地跟人家好好谈话，不会低头哈腰、奴颜婢膝，不会言不由衷。而结果，这样的人反而会被提拔为副总裁。这是做人的艺术问题，没有欲望，他反而能够达到目的。

一个人在做事的过程中，得时、得中非常重要。孟子赞誉孔子这个人是"圣之时者也"。什么叫"时"呢？什么时候该做什么他就做什么，不该做什么就不做什么，这叫"时"，"有道则现，无道则隐""无适无莫"，他能恰到好处地把握好这个度。其实孔子这个人有两面，他有勇敢刚猛的一面，"知其不可而为之"，明知道不行，还要一往无前地去做。可是孔子还有另外一面，就是"无可无不可"，你要知道孔子这一面的话，就知道孔子身上具有道家的味道。所以看《论语》，不要把孔子看呆了，不要看得绝对了，一个孔子要"杀身以成仁"，另一个孔子却说"无可无不可""无适也，无莫也"，要合起来看，全面地看孔子，不要执其一端。

五、为己之学与为人之学

中国的学问是"为己之学",为己之学就要强调读书不带有功利的目的,做事不要带有功利的目的,最终的"成人"是要达到自我生命的完成与超越。可是孔子这个人,他并不是迂腐的读书人,他并不否认读书的功利目的,所以他说"学而优则仕",也说"沽之哉!沽之哉!"功利怕什么呢?学问好了做官,这有什么耻辱呢?孔子还说:"富而可求也,虽执鞭之士,吾亦为之。"如果能够得到富裕、得到财富的话,即使让我去做一个执鞭看门的下贱活,我也愿意去做。所以孔子这个人不迂腐,是很灵活的。尽管如此,儒家还是强调读书的目的仍在于修身勉仁、培育德操。古代君子之学,是为了砥砺德操,拓宽识见,满足知识与人格上的需求,以成全人,因此学习是快乐的。所以孔子讲过一句话,他说:"知之者不如好之者,好之者不如乐之者。"即你知道一个道理,知道某种知识,不如爱好它;可是你爱好它,还不如乐之者,不如以之为乐的人。孔子在《论语》当中讲到各种乐,其核心的一个是对道德的追求。现在西方的大学强调人文教育,强调博雅教育,强调树立一个人的人格、道德情操、人文关怀,这是走到了中国人古代的求学道路上来，这是真正的大学之道，这样培养出的人才有真正的乐，"乐其道也"，而不是乐别的。

孔子最欣赏的学生叫颜回，这个人很穷，居于陋巷，箪食瓢饮，曲肱而枕之，连枕头都没有，枕在自己的胳膊上睡觉，家里穷到一定程度了。"饭疏食饮水"，吃的东西很简单，喝白开水。"人不堪其忧"，别人觉得这种生活还能活下去吗？这不是自我折磨的节奏吗？但"回也不改其乐"，乐在什么地方呢？程颐讲，颜回之乐不是单乐一个穷字，而是乐自己的道，乐自己的德，乐自己的随遇而安，乐自己的"君子固穷"。孔子说："君子固穷，小人穷斯滥矣。"君子在穷困当中还能保持的道德、修养不变，小人如果穷顿的话就会不择手段，就会丧失操守。

"为己之学"实际上就是为自己的生命完成的学问。因此，我们不要把"为己之学"当成自私的代名词，"为己"是自己生命的达成，不是自私的意思。相反，也不能把"为人之学"当成是无私和利他，这也是极端错误的。由"为己之学"才能"推己及人"，从修身，到齐家，到治国，到平天下，这是中国传统当中一个士由内生而外王的顺序。而"为己之学"的核心在于求内在，弃繁华，因为今天这个世界上，热闹太多，繁华太多，诱惑太多，一个人能够弃繁华、求内在，很不容易。西方资本主义这套东西，对中国人腐蚀得太厉害，我们不知不觉已经满身浮躁之气，满身市侩之气，反而毫不知觉。"为己之学"就是要求内在，舍弃这个世界的繁华，做企业、做大学，皆是如此。做企业需不需要"求内在"？做企业的最终目的不是为了繁华，而是满足社会的需求，做一个很好的企业公民，尽到企业的社会责任，这才是一个令人尊重的有使命感的好企业。

儒家强调，做人要内外兼修、言行一致，儒家最忌讳夸夸其谈。孔子说："仁者，其言也讱。"这个"讱"就是说话不要太多。孔子讲："巧言、令色、足恭，左丘明耻之，丘亦耻之。"那些花言巧语、故意装出那种尊重的脸色、故意对你恭恭敬敬的人，你不要亲近他。现在中国人不都是这样吗？只要见到总裁一过来，表情立刻变得非常之恭敬，点头哈腰，手足无措；而遇到下属过来，立刻变得倨傲，这样的人成不了大材的。孔子还说："君子耻其言而过其行。"说大话，行动跟不上，这样的人是很危险的。儒家更强调更欣赏朴讷之人，不多说话，有所守，不务外，不媚人，质实素朴，无伪无雕。所以孔子讲"刚毅木讷，近仁"。孔子说他的徒弟闵子骞"不言则已，言必有中"，这是孔子对一个人最高的赞誉，就是说这个人说话恰到好处。

为己之学的核心，就是要看破得失。当然一个人要看破得失，就非得栽点跟头、遇点挫折、受点苦难，才能做到。孔子说："其未得之也，患不得之；既得之，患失之；苟患失之，无所不至矣"。一个人没得到的时候，老是忧虑自己得不到，得到了又担心失去，"苟患失之，无所不至矣"，为了保住自己的"得"，这个人就会无所不用其极，下三烂手段都会用出来。荀子在他的书中记录了一段话：子路问于孔子曰："君子亦有忧乎？"孔子曰："君子，其未得也，则乐其意；既已得之，又乐其治。是以有终身之乐，无一日之忧。小人者，其未得也，患弗得之；既已得之，又恐失之。是以有终身之忧，无一日之乐也。"子路问孔子，君子还有忧虑吗？孔子说，一个君子，在没有达到目标的时候，他会为自己这个目标而高兴，这个"意"，就是志向、梦想、抱负、愿望，他为自己的志向和梦想而乐。"既已得之，又乐其治"，这个"治"，是达成，是完成，是臻至某一个境界，是获得。也就是说，如果真的获得了这个东西，则感觉无限的欣慰。所以，"君子有终身之乐，无一日之忧"，君子就是这样的，终身都快乐，没有一天不快乐，没有一天是忧虑的。

所以你体会，孔子为什么说"仁者无忧"呢？很多人不理解，以为一个仁者就应该是忧国忧民，老是皱着眉头，其实不是这样。真正的仁者应该是"无忧"，因为他有终身之乐，无一日之忧，因为他放怀得失，不在乎得还是不得。小人正好相反，"其未得也，患弗得之"，在没达到目标的时候，他非常忧虑得不到它。"既得之，又恐失之"，得到之后又害怕失掉，所以小人没有一天是开心的，整天忧心忡忡。看到这个地方就知道了,孔子高啊,高在什么地方呢？他把一个仁人忘怀得失的境界表现出来了。

六、结束语：
自然境界、功利境界、道德境界、天地境界

中国人常讲做人的境界，冯友兰先生总结有四个境界。第一个是自然境界。人小时候是自然境界，无识无知，纯朴之极，是自然人，这叫自然境界。自然境界很好，此时真可谓"天人合一"，他天真无瑕，与天地浑然一体。老子说过一句话，"复归于婴儿"。这句话很有意思。婴儿无知无识，无欲无求，顺应自然，婴儿境界很高。老子说一个人经过了一个轮回，最终还要"复归于婴儿"，才算得道。

但是你要注意"复归"两个字，复归就标明此时的人已经超越了简单的婴儿境界，而是更高的婴儿境界，是经历了否定之否定的婴儿境界。

人长大之后进入少年和青年，然后进入壮年，便进入了功利境界。功利境界不是不好，但此时人被自己所束缚，被自己生命的发展所束缚，因为生命要发展，逼迫他去争名争利，逼迫他去光宗耀祖发财成家。有人说，能不能不经过这个功利境界阶段，而直接达到最高阶段呢？不可以。如果你做企业，就要好好做企业，好好赚钱，把钱赚好了，就完成了修身第一步。有的人刚读完大学，还没经历社会任何的敲打和磨炼，还没有经历人生的各种坎坷历练，就决定出家，这个人未必有很深的感悟。在这个阶段，赚钱就是修行，养家糊口就是修行，结婚生子就是修行，要经历过人生所有的方面，喜怒哀乐，悲欢离合，我们才会对生命有所感悟。

第三个境界是道德境界。当你超越了功利阶段，到了一定的年纪，有了一定的阅历和成就，就要对自己有更高的期许，精神境界还要进一步升华。做学问，就不要务虚名，而要追求真学问，写一些真正可以传世的东西留给后人，不要再拿些粗制滥造的东西应付人。当银行家，要矢志经营一个百年老店，要把银行当作自己安身立命实现自我价值的场所。当企业家，就不要再坑蒙拐骗了，要做令人尊敬的企业家，要做一个有责任感的企业家，要对企业有一种使命感，要对社会对国家有一种担当。做政治家，要为老百姓真正做点事，为政一方不负众望，不碌碌无为，不贪图小利，而是有胸怀，有抱负，为人民谋福利。在道德境界，一个人的道德追求成为一种自觉的主观上的努力，而不是被动的行为。

最高的境界是天地境界，即自由境界。一个人达到道德境界还不够，因为你还得在道德层面上努力，还有人为的痕迹。可是最高境界是你即使什么都不做，也同样可以与天地同化，随心所欲而不逾矩，此时已经超越了道德境界，进入了一个必然王国，一个自由王国。

所以，人在这个漫长的过程当中，是慢慢在成长。不要以为我已经五十岁了，还成长什么？错了，其实一个人一生都在成长，到八十岁仍然要有新的感悟、新的生命，每天都在成长。一个人最终成人，就是最终要达到一种境界，完全按照内心的愿望、内心的呼求、内心的感召去做事，而按照内心的感召去做事反而跟外界极其和谐，跟外界的要求完全严丝合缝，没有任何不和谐的情况；他既超越了自己，同时也超越了世俗，但竟然时时事事都符合于世俗。他既入世，又出世，既务实，又超越，既在这个世界中，又超越这个世界。到这个时候，我们的生命就有了一种超越感，超越了自己，超越了功利，超越了短期，超越了外在，达到着眼于大众，着眼于外界，着眼于公义，着眼于长远，着眼于内在的追求，着眼于自我生命的召唤。

论大学教育的理性与人本主义[1]
——对教育部"大学本科教育评估方案"的评估意见

作者按：本文针对教育部的高校教学评估方案，从多个角度评析了这个方案的贡献和局限性，并着重就定量评估高等教育水平的可行性、高等教育评估指标的科学设计、高等教育发展与高等教育行政管理的关系、评估指标体系的内在矛盾、推行双语教学的目的和意义的探讨等几个方面，提出了若干建设性的意见。本文的结论是，教育部在制订教育评估方案时必须慎重，不能出

---

[1] 本文是作者提交给北京大学经济学院教学评估委员会的书面报告。

现指标体系的自相矛盾，也不能将一些不可定量考察的指标强行数量化；同时，在制订等级标准的时候，应该考虑到不同高等学校的学科特点、历史传统和发展趋势，鼓励各高等学校的创新，而不是企图用统一的指标体系规范各个高等学校的发展。

我国高等教育的发展，最终要靠高等学校之间的有序竞争，同时也有赖于教育行政部门适当的科学的引导，这种引导更多的是方向性的，而不是强行推行一套统一的、但操作性不强的规则。高等教育评估试行方案有必要继续广泛征询各普通高等学校教学人员和教学管理部门的意见，以使得《方案》不仅反映教育部的看法，更重要的是要反映高校教学人员和教学管理部门的看法，这样才能够达到教育部制订《方案》时所秉持的"尊重高等教育规律，反映未来高教趋势，鼓励高等教育创新"的宗旨。

引言

2004年,教育部高等教育司下发了《关于印发〈普通高等学校本科教学工作水平评估方案(试行)〉的通知》(高教司函【2004】21号)。《普通高等学校本科教学工作水平评估方案(试行)》(以下简称《方案》)共分四个部分:一、普通高等学校本科教学工作水平评估指标体系;二、普通高等学校本科教学工作水平评估指标等级标准及内涵;三、普通高等学校本科教学工作水平评估结论标准;四、普通高等学校本科教学工作水平评估方案的有关说明。正如第四部分所说,"评估方案努力体现国家的教育方针以及对高等学校本科教学工作和人才培养的要求,遵循教育规律,反映现阶段我国高等教育教学改革的基本走势与发展趋势,并鼓励学校从实际出发办出特色"。这段话体现出教育部出台并实施《方案》的初衷,那就是尊重高等教育规律,反映未来高教趋势,鼓励高等教育创新。为达到这个目标,《方案》中制订了非常详细的指标体系,包括一级指标7项和特色项目1项,二级指标19项(其中重要指标11项,一般指标8项),38个观测点,相应设有每个观测点的权重和等级标准,共分为A、B、C、D四个等级。《方案》的指导思想是值得肯定的，但在具体的方案制订和评估指标设计以及评估标准方面，确实有很多地方值得商榷；由于这是一个试行方案，因此有必要继续广泛征询各普通高等学校教学人员和教学管理部门的意见，以使得《方案》不仅反映教育部的看法，更重要的是要反映普通高校教学人员和教学管理部门的看法，这样才能够达到教育部制订《方案》时所秉持的"尊重高等教育规律，反映未来高教趋势，鼓励高等教育创新"的宗旨。

一、关于定量评估高等教育水平

此次教育部推出《方案》的目的是制订出可以操作的、定量的指标体系，并凭借这些指标体系衡量所有普通高等院校（极个别者除外）。实际上，我国的高等学校因为地域文化、经济发展水平、学校发展定位、历史背景、学科领域、办学侧重点等的不同，必然存在大量的差异，试图用一套整齐划一的指标体系来衡量所有高等院校的办学质量，从操作层面上来讲是不符合高等教育的科学规律的，也与教育部在制订《方案》时所秉持的"尊重高等教育规律"不相符。整齐划一的指标体系，从教育行政管理的角度而言固然是很有效率而且方便的，但是从高等教育自身的特点和规律出发来考察，这些指标体系往往难以反映出各个学校办学的特色和对社会的实际贡献，也难以反映出对各个高校的真实社会评价。一个可以设想的结果是，各个高校按照《方案》指标体系的要求提交有关证明材料，而这些证明材料并不能全面反映各个高校的办学特色和发展趋势；同时，那些能够反映各个高校办学特色和特殊社会贡献的指标又难以体现在指标体系中。这种"计划经济式"思维倾向的指标体系最终可能难以达到对我国高等教育现状的科学、准确而客观的把握，也不能对我国高等教育的趋势有一个科学的、符合高等教育规律的认识。结果是，那些社会评价较高的高校，其办学特色和社会贡献被淹没在这些整齐划一的指标体系中，同时为了迎合和达到教育部《方案》的指标体系设计的标准，各个高等学校可能逐步努力向这个指标体系靠拢（尽管这种努力达到《方案》要求的行为肯定会带来某些积极的后果），结果是丧失了自身的办学特色和独特社会价值，导致这些高等学校在社会评价中的地位降低，尽管在教育行政管理部门看来这些高校取得了符合指标体系的"进步"。

从国外大学的办学状况来看,各个大学为了提升自身在社会评价中的地位,都在努力发扬和塑造自身的特色,并不刻意追求全部学科、全部办学领域齐头并进式的发展,而历史经验证明,那种齐头并进式的发展模式,其实是不符合高等教育发展规律的。一个非常能说明问题的案例是,我国近年来兴起一种大办综合性院校的潮流,这种潮流从整合教育资源、提高教育效率的角度看自然是无可厚非的,但是各个地区的高校,不顾自身发展的历史性,不考虑自身办学特色的独特社会贡献,仅仅从扩张教育规模、扩张热门学科的目的出发,大量进行不科学的院校合并和新学科设置,结果导致我国高等教育资源不但没有得到有效和有机的整合,反而使高等教育建设在低水平上重复,这同我国经济建设领域在计划经济时期为争夺资源而进行重复建设结果导致效率低下的历史状况有惊人的雷同。如果教育部的《方案》没有鼓励各个高校办出特色、鼓励高校在办学方面创新的倾向,而是试图用一套整齐划一的指标体系来衡量所有高校的业绩,那么可以想见,各个高校必然在这种激励之下走向一种"标准式"的发展模式,学科的低水平重复建设将不可避免,而那些具有自身办学特色并拥有较高社会评价的学校将逐渐泯灭其独特风格和特色,最终导致我国高等教育发展出现一系列负面问题。

二、教育评估指标体系的设计与可操作性

《方案》中设计了非常详细的一级指标和二级指标体系，并赋有相应的权重和等级标准。看起来，《方案》的定量分析体系是非常科学的，而且非常系统，几乎罗列了我们可以想象的所有内容。但是仔细推敲，我们可以发现，这些指标体系的设计和等级标准的设定都有很多可以商榷的地方。

第一是等级标准的制订用语含混，主观性很强，不同等级之间很难有准确的划分，可操作性受到很大影响。比如在第一个一级指标"办学指导思想"中，设有两个二级指标"学校定位"和"办学思路"。其中"学校定位"的"主要观测点"是"学校的定位与规划"，其对应的参考权重为

1.0，而其等级标准是："A 级：定位准确，学校发展规划[1]科学合理，并有效实施"，"C 级：定位基本准确，有学校发展规划，并付诸实施"。[2] 在 A 级和 C 级这两个差别很大的等级之间，并没有明显的可以操作的区分，仅仅依靠"基本""有效"这些含混的概念来加以区分；因此，在教育行政部门派出的教育评估小组眼里，"定位准确"和"定位基本准确"如何加以区分，"发展规划科学合理"和"有发展规划"如何加以区分，"付诸实施"和"有效实施"如何加以区分，肯定是一个见仁见智的问题，很难做出客观的判断，而且肯定会给高校带来极大的困惑。A 级和 C 级都如此难以区分，那么处于之间的 B 级的标准就更加扑朔迷离、难以把握了。因此，教育部试图依靠这些表述模糊的指标体系来衡量各个学校的办学业绩，实在是令教育部教育评估领导小组的成员勉为其难。再比如，在"办学思路"这个二级指标下，有两个观测点："教育思想观念"和"教学中

---

[1] 《方案》原注：学校规划包括学校教育事业发展规划、学科专业建设规划。
[2] A 级和 C 级之间是 B 级，低于 C 级的为 D 级。

心地位",前者的等级标准是"A级:具有先进的教育思想观念,办学思路明确,质量意识强","C级:注重先进教育思想观念学习与研究,办学思路清晰,有质量意识"。在这两个相差悬殊的A级和C级之间,区分的标准非常含混,而且何谓"注重先进教育思想观念学习与研究",何谓"有质量意识",都令人难以把握,甚至文意都令人难以理解,更不必说定量的评价了。

综观整个《方案》,除了那些极容易用数字表示的指标外(比如生师比、教师中有硕士和博士学位的比例、生均图书、生均运动场面积等),大量指标的等级标准设计非常含混[1],把握十分困难,不易于进行客观的科学的判断,极具主观性;同时,这也给教育评估部门的实施评估带来很多困扰,甚至给某些教育行政官员的某些不正常行为留下空间。指标体系和等级标准的设定含混,也从另外一个角度说明了,高等教育的很多实质性方面并不是可以用数字

---

[1] 这些指标包括专业培养方案、教材建设与成效、教学管理质量控制、教师风范、学习风气、学生思想道德修养、社会声誉与社会评价等,不一一列举。

量化的，那种定量的、似乎科学的评估方法，在实施层面上会面临各种不同的困难。从高等教育自身的特点和发展规律来看，其教育业绩和发展特征很多是不能用数字衡量的，单纯的定量评估难以（或根本不可能）反映高等学校自身的价值和趋势。北京大学在历史上所发挥的特殊作用以及对我国新文化运动和文明转型的巨大作用是难以用定量方法来测定的；同样，蔡元培先生、梅贻琦先生、张伯苓先生等的办学思想对北大、清华和南开以至于中国高等教育的历史性影响，也是难以用数字量化的。试图用数字来管理和提升高等教育，这种指导思想本身值得反思。而真正能够促进我国高等教育发展的力量，是教育行政管理部门的合理引导和高等学校之间的有序竞争。

三、高等教育发展与教育行政管理：特色、引导和竞争

高等教育与初等教育有很大的不同。初等教育，包括我们现在提出的九年制义务教育，本身带有知识普及的色彩，目的是提升全体国民的文化水平，塑造能够适应社会

发展的合格的建设者；而这种知识普及的定位，使初等教育必然出现较为整齐划一的教育模式：在教材使用、教师资格、办学指导思想、办学条件等方面，必然有一个较为整齐划一的要求。而高等教育的目的是培养适应未来国际竞争和科学发展趋势的更高级人才，在初等教育的基础上，高等教育更强调教育的多元性、独立性和创新性，如此才能适应未来全球化竞争的需要。对于高等教育而言，可以允许存在多种办学模式和多元化的办学指导思想，以此来鼓励各个高等学校努力创新，办出特色，而不是追随一种固定的统一的模式。

实际上，高等学校之间的区分是非常明显的，这种区分，既与各个大学的定位有关，也与其历史传统和积淀有关。比如，有些大学以博雅教育与通识教育为主，这些大学注重对学生全面素质的培育、注重人文精神的塑造、注重对学生精神境界的提升；而有些大学以专业教育为主，强调学生的专业素质和专业基础，强调未来学生在职业生涯中的竞争力。这两种大学对我国教育发展都是非常必要的，这两种特色也都值得保持和发扬。通识教育型的大学与专业教育型的大学各有各的价值，不可厚此薄彼，而且在某种历史条件下，这两种大学可以互补和互相渗透，但这种互补和互相渗透必然是在其历史发展过程中，根据历史条件和历史要求而做出的自然抉择与演变，不是教育行政管理部门强加的结果。再比如，大学中有注重学术研究的"研究型大学"，也有注重教学和知识传递的"教学型大学"，这两类大学的宗旨、行为、社会价值都是不同的。"研究型大学"注重学术成果对社会和学术事业的贡献度，注重大学教师和学生在研究能力上的提升，注重大学在世界学术界的学术声望；而"教学型大学"则注重专业知识的传递，注重对学生的专业培训，注重学生未来职业技能的培养。这两种大学定位的不同也就决定了学生培养模式和办学侧重点的不同，自然，这两种大学模式在某些方面也完全可以互补和互相渗透。教育部的《方案》及其指标体系并没有反映出不同类型的大学的特色和办学侧重点，而是试图用一套整齐划一的指标来衡量所有的大学，这是不符合高等教育发展实际的，对促进我国高等教育、促进大学多元化发展也是没有益处的。《方案》的指标体系必须尊重各个大学和各类大学的自身特征和发展规律，必须鼓励各个大学在办学上的多元性和创新精神，必须充分意识到并尊重各个大学在历史上长期积淀的办学特色和独特办学宗旨，以使得我国高等教育出现多元并举、各具特色的繁荣局面。

教育部的《方案》应该鼓励各个高等学校之间的竞争,并加以适当的引导和规范。历史经验,尤其是西方发达国家高等教育发展的历史进程表明,高等教育的发展有赖于大学的独立性、大学之间的有序竞争以及教育行政管理部门的合理引导与规范。大学的独立性,保证大学的学术工作和教学工作得以健康地展开,而学术的独立性,是任何大学科研成果创造和累积的重要制度基础。历史经验证明,当高等教育丧失独立性、大学缺乏创新内在激励的时代,也是高等教育事业最为凋敝和滞后的时代。我国在很长一段历史时期的惨痛教训值得汲取,尤其是1966至1976年间,大学学术的独立性、学科设置的自主性受到严重侵害,一些对国家和社会发展极为重要的学科被取消(比如社会学长期以来被取消,直到1980年代才开始艰难地恢复),很多学校的优势学科被强行合并或撤销,教育行政部门这种硬性的带有强制色彩的整齐划一的管理,给我国高等教育事业和科学发展带来严重的后果,其消极影响现在还清晰可见。大学在那些特殊时期丧失了根据自身发展状况、发展条件和历史传统来制订独特发展道路的自主权和独立性,结果造成大学办学模式的高度趋同和整个教育体系的无效率。

反观高等教育发达国家的模式,则是一种鼓励多元化发展的模式，教育行政部门并没有强制性地规定一个整齐划一的标准，也不对大学教育模式进行硬性的干预；教育行政部门只是对高等教育的方向性问题进行适当的引导，而真正左右高校发展的内在力量是各个大学之间的有序竞争。与我国高校热衷于教育部评比、从而努力争取更多教育资源的行为不同的是，高等教育发达的国家则注重自身学科的内在建设、注重延聘教授的学术水平和学术声望、注重教学和科研服务体系的建设和完善、注重学生整体竞争力和综合素质的培养；在这个基础上，社会对大学的业绩进行综合评估，从而通过社会力量（包括民间性的教育评估、社会大众的自主选择和媒体的公开报道）来整合教育资源，把那些最好的教育资源配置到最好的大学中。随着这种竞争，高校之间的实力不断发生变化，一些古老的学校重新焕发生机，而一些新的大学在几十年的竞争中则脱颖而出，迅速跻身一流大学行列。在美国，哈佛大学和耶鲁大学等历史悠久的大学，20世纪中叶曾一度面临其他新兴大学（如美国西部的加州大学）的激烈竞争，其不可动摇的霸主地位受到挑战；但也是因为竞争，哈佛和耶鲁大学等老牌大学开始注重自我更新，从而与加州大学等新兴大学保持了同样快速的发展。高校之间的竞争还使得学科建设迅速开展,以我熟悉的经济学领域为例,我认为美国的经济学教育执全球经济学教育之牛耳,就是因为大学之间在经济学教育人才和资源方面的激烈竞争,这比教育部的烦琐的教育评估更能促进学科的发展与学术的繁荣。

四、高等教育的创新意识和《方案》的内在矛盾

在关于《方案》的有关说明中,教育部强调此次评估方案的制订旨在"遵循教育规律,反映现阶段我国高等教育教学改革的基本走势和发展趋势,并鼓励学校从实际出发办出特色",这些都反映出教育部试图在高等教育中突出"创新意识"的初衷。创新是高等教育最重要的特征之一,与初等教育比较而言,高等教育更注重培养高素质的创新型人才,以适应未来的全球化市场竞争和学术竞争。

高等教育的创新体现在学科体系的不断完善、新学科的不断出现、教材的创新以及教员科研水平的不断提升等诸方面。与教育部注重创新的初衷不同的是,《方案》在一些具体指标设计上,出现了一些互相矛盾的等级标准。第

一个例子是关于一级指标"教学建设与改革"中的二级指标"教材"及其等级标准的设定。在这个二级指标的等级标准中,《方案》明确规定:"A级标准:针对本校的优势学科,有重点地支持特色教材编写的规划和措施,成效好,有一定数量的获省部级(含)以上奖励的教材。""C级标准:有科学的教材选用和评估制度,主干课程选用同行公认的优秀教材,并注意选用近三年出版的新教材。"从这两个等级标准来看,教育部明显地发出一个信号,即积极鼓励各个学科编写具有自身特色的教材,而且最好这些新编教材能够获得某种奖励。也就是说,教育部鼓励新教材的编写,以适应我国学科建设和发展的实际需要。但是在关于"双语教学"这个观测点中,却有这样的要求:"有实施双语教学的激励措施和政策""重视并积极实施双语教学",其中关于"双语教学"的规定中写道:"用双语授课课程指采用了外文教材并且外语授课课时达到该课程课时的50%及以上的课程(外语课除外)",而且规定双语课程必须达到一定比例。这个规定与以上的鼓励各个高校积极编写具有创新性的教材构成明显的矛盾:前者要求各个大学积极编写出版符合自身特点的特色教材,而后者却明确规定外文教材必须达到一定比例。这两个激励倾向完全相反的等级标准竟然同时出现在同一个一级指标下，不能不令人困惑。既要努力编写适合我国实际情况的特色教材，又要保证用更多的外文教材，这是"鱼与熊掌不可兼得"。

从我本人的教学经验来看，对于外文教材，应该采取这样的态度：努力把外国优秀教材中的优秀部分汲取到我们的教学体系中，把最新的信息传递给我们的学生；同时，又不能迷信外国的教材，不能盲从这些教材的学术结论、框架和具体观点，应该结合我国的实际编写出适合我国高等教育特点和发展趋势的好教材。我在讲授《金融市场学》课程的过程中，原来采用美国著名学者米什金的《金融市场与机构》。从理论框架上来看，米什金的这本教材确实是讲授《金融市场学》的比较适用的教材，而且这本教材在国外也有较高的声誉。但是在使用这本教材的过程中，通过学生的反馈和我自己的观察，我觉得米什金的这本教材并不能满足我国学生的要求，也不能适应我国经济发展和本学科发展的需要。其中的主要原因是，米什金的这本教材是以美国的金融市场和金融机构为背景进行阐述，所选用的案例和分析材料都源自美国的金融市场和机构，这固然有助于我国学生对美国金融体系的了解，但是却忽视了对于我国金融市场和金融机构的研究。我国的金融体系正出于激烈的制度变迁过程中，很多新的金融现象值得研究，然而这些崭新的金融现象和金融机构在米什金的这本教科书中是难以见到的。对我国独特的金融监管制度（与美国的联邦储备体系相比而言）、独特的二元金融结构和对我国金融发展至关重要的农村金融市场体系（米什金的教材根本不可能关注农村金融市场问题）、我国处于转轨进程中的货币市场和资本市场等问题，都难以从现成的米什金的教材中获得信息。因此，我认为，有必要在借鉴米什金的教材的基础上，编写出适合我国学生的、能够全面反映我国金融市场体系特征和发展趋势的新教材，生硬搬用外国教材是不行的。

另外一个例子是《方案》中一级指标"教学效果"中的鼓励"学生的创新精神"的初衷与实际教育评估中强调教学和考核的规范性之间的矛盾。《方案》在很多地方提倡学生的创新和教师的创新，但是在实际评估中，各个学校为了迎合教育部的规范性要求，往往要求教师提供有关教学各个环节的整齐划一的一套文件，比如试卷要求有统一的试卷分析、有统一的标准化答案。这种统一的制订标准答案的做法，虽然在教育部评估的时候能够得到优良的"观感"，但是对鼓励学生创新却毫无益处。对于很多人文和社会科学课程而言,应该鼓励学生有创新性的观点,这些观点也许与教师和教材的观点不一致,但是只要言之成理,持之有故,就应该得到应有的尊重。如果统一要求闭卷考试、统一试卷答案,那又如何谈得上鼓励学生创新?这是值得反思的。

五、反思双语教学:目的和效果

在《方案》的一级指标"专业建设与改革"中,有一个观测点"双语教学",其中的等级标准规定:"A级:有实施双语教学的激励措施和政策;适宜的专业,特别是生物技术、信息技术、金融、法律等双语授课课程比例≥10%,教学效果较好;其他专业能积极实施外语教学。"关于"双语教学"的含义(包括使用外文授课和使用外文教材),以及双语教学中鼓励使用外文教材与鼓励我国高校教材创新之间的矛盾和悖论,前一节已经详细述及。本节试图探讨一些更为基本的问题,即为什么要推广和鼓励双语教学?双语教学的激励会带来什么后果?

初看起来,双语教学的目的非常明确,就是要提高教学质量、提高学生外语水平、使课程讲授与国际接轨。这些目标看起来无可厚非，不容易引起别人的质疑。但是如果仔细推敲，就会发现，在高等学校教学评估中强调双语教学，并把这个指标通过教育行政的方式加以评估和推广，其理由是不充分的，而且容易引起很多严重的负面效果。

首先，教学质量的高低与是否使用外语教学并不具有必然联系。双语授课的含义是在外语类课程之外提倡使用外文教材和用外语授课。我在前文已经对采用外国教材的局限性有所论述，这里只分析用外语授课的效果问题。用外语授课就一定能保证教学质量吗？或者说，一个用英语讲授《中国宪法》或《货币银行学》的教师的教学效果，就一定高于一个用中文讲授的教师的吗？我想任何一个具备正常逻辑思维能力的人都不会做出这样的推论。当然，假如一个中国籍或者外籍的教师，从小使用某种外语作为自己的交流语言，我们可以预期，他（她）的课堂讲授应该首先选择使用外语；但即使在这样的前提下，面对中国的学生，考虑到中国学生对外国语言的接受程度和熟悉程度，也应该努力运用中文来讲授，不能用中文讲授的情况下才使用外国语言。在正常的情况下，一个中国教师，我相信他（她）的用中文表达的流利程度应该高于任何外国语言，一个中国教师的外语水平高到超过中文母语的水平的可能性极小；反过来讲，一个中国的教师，不能用自己祖国的语言进行授课，难道不是一件令人感到耻辱和不可思议的事情吗？用英文或其他外国语言来教学，并不必然代表教师的教学水平很高，教师的教学水平是与教师表达的流利性和准确性、讲授内容的深刻性和创新性、讲授者自身的学术水平有关的。因此，认为用外文讲课就能提高教学水平的观点是不科学的。

其次，教育部提倡双语教学的目的可能是出于提高学生外语水平。诚然，如果在日常学习和生活中更多地使用外语，确实可以达到提高外语水平的目的，但是专业课教学的根本目标并不是提高学生的英文水平，而是传授专业知识，让学生接触最前沿的专业知识和学术研究成果。从这个目标来看，专业知识的获取与是否使用双语教学丝毫没有内在的因果关系。目前我国学生学外语的现实情况如何？由于笔者多年在北大从事教学工作，与年轻的本科生和研究生接触非常密切，非常了解他（她）们在英语学习方面的情况。实际情况是，在北大很多学生从入学开始就花费大量时间学习英语，目的是为了参加 TOEFL、GRE、GMAT 和 IELTS 等外语水平考试，这些考试是出国留学所必需的。从某种意义上说，他（她）们对英语的重视已经超过了任何一门专业课和基础课，所花费的时间和精力也超过了任何一门专业课和基础课。结果导致很多学生在自己的专业上并没有花费多大的工夫，这种现象严重地制约了我国本科学生学术水平的提升。同时，我在教学和指导毕业论文的过程中发现，由于在日常学习中过于重视英语学习而忽视了对中文的学习，中文水平下降的趋势非常明显，以至于学生在学期论文和毕业论文中出现大量的不规范的中文表达方式，中文表达能力的退化已经令人堪忧。实际上，类似的情况也出现在某些教员身上。如果我们的学生不能用规范、漂亮的祖国语言文字来写作学术论文，不能用流畅正确的中文发表学术成果，我们的教育目的何在？由以上的论述来看，"用双语教学可以提高学生外语水平"这一理由也是不能成立的。

最后，提倡双语教学的目的也许在于使课程讲授与国际接轨。一门课程，是否用英语或其他外语讲授就一定代表着与国际接轨？这个问题的答案是不明确的。假如一个学者，并没有对本领域的学术成果做深入的、系统的研究，而是照搬国外教材现成的东西，而且用外国语言来讲授，则不论其语言水平有多高，都难以将课程讲授与国际接轨；

相反，假如一个学者，对本领域的国内外研究现状有深入的、系统的了解，能够创新性地编著具有本国特色的教材，并且在课堂上用自己熟悉同时学生也熟悉的本国语言来讲授，其课堂讲授效果必然优于前者，其课程必然是与国际最高水平接轨的。因此，是否将课程讲授与国际接轨，不取决于讲授者所用的语言，而取决于讲授者本身对国际学术潮流的准确把握和准确表达。

加强英语学习和提高学生英语水平，本来是无可厚非的，但如果以教育部的名义，在我国高等院校的课堂上鼓励用外语授课并以此作为评估各个高校教学质量的手段和指标，我觉得是不妥的，也是不利于我国学术水平的提升和高等教育长远发展的。语言作为一种沟通工具和识别系统，并没有高低之分；在学术研究、写作、教学中鼓励使用本民族的语言文字，是各国通行的做法，这是保存和发扬本民族文化的一个重要举措，而并不代表着这个国家的封闭与保守。在中国的高等学校的讲坛上，用纯正的中国语言文字进行授课，同时，在中国的学术刊物上，用标准规范的中国文字发表学术成果，这是天经地义的事情，现在我们居然在讨论这样一件天经地义的事情的合法性，这足以说明我们的教育倾向也许出现了某些问题。高等学校中，那些对外国语言有着精深的研究并能流利对话的大师级人物，他们在公开演讲和授课中，都很注重用标准规范的中文。这里举我国著名经济学家陈岱孙先生的例子来说明这个问题。

陈岱孙先生（1900—1997）是我国经济学界一代宗师，早年毕业于哈佛大学，获经济学博士学位，是一位对西方文化有精深研究的经济学家，他的英语水平很高，能够娴熟使用英文进行写作和交流。陈岱孙先生在《我的青年时代》[1]一文中，曾经谈到他保持一生的一个教学习惯和自律原则，那就是坚持用纯粹的国语来授课。在这篇文章中，他谈了这个习惯的缘起，请允许我摘录其中一些文字：

> 在上海候船北上时[2]，我遇见了几位当时在

---

[1] 该文收于《陈岱孙遗稿和文稿拾零》，北京大学出版社，2005年版。该文写于1994年4月，原载谷向阳主编:《青春的旋律——中国名人谈青年时代丛书》，中国友谊出版公司，1994年版，第50—65页。
[2] 笔者按:指1927年8月到9月间，陈岱孙先生由福州、上海到北京，赴清华大学报到。

清华上学的学生。他们告诉我不少关于清华教和学的情况。其中有一事和我几十年来从一开始就企图养成的教学习惯有关。他们说，在清华，教师在教室上课时，经常中英文夹杂并用，尤其是在讲到学术上关键的概念、辞句时总要插进外文原辞。但是在他们所听过课的老师中有一位讲授社会学的陈达教授在讲课时，绝对用中文表达，不着西文一字。同学固然只是轻描淡写地，当一个小故事讲给我听，但这一事却给我很大启迪。我记起，在我从法国坐船返国的途中，曾沿途，在印度、锡兰[1]、马来西亚、新加坡等处停泊时，上岸游览。偶然的机会，我和几位同船旅客在几处参观了当地的学校，并获准在教室中听讲。在多次听课中，我就听到用地方语言和英语夹杂的讲授。当时我就感到十分刺耳。我认为这可能是一个殖民地心态的表现。所以，在听了清华同学这一段陈述后，我立即决定向这位老学长学习。

---

[1] 锡兰系斯里兰卡旧称。

到清华后,我在备课时,把所有讲课中所涉及的学术术语、概念和辞句都译为中文。从第一天上课起,在课堂上,纯粹用中文来讲授。只是在必要时,才把原外文的术语、概念等写在黑板上,当作注释。

接下来,陈岱孙先生说:

我认为在中国学校的讲坛上,除了外文课或外籍客座教授授课外,一个中国教师用纯粹的国语来授课应该是一个原则。殖民地和半殖民地所养成的惯习必须予以痛绝。我从清华教书起,在几十年的教书的生涯中,这是一条自律的原则……这习惯养成之后,直至今日,我对于有人提倡为了提高学生外文程度,在一些专业课中,教师可以不用中文而用外文讲授的主张还顽固地期期以为不可。

陈岱孙先生的这个原则应该引起我们的深思。在教育部制订《方案》时,应该审慎地反省"双语教学"的目的和意义究竟何在。我不愿意用殖民地心态这样的带有意识形态色彩的词句评论"双语教学",但是我们确实应该严肃地追问我国最高教育行政管理机关以教育评估的方式将"双语教学"作为衡量大学教育的一项指标的用意所在。事实上,在全球很多国家,正在兴起学习中文的热潮,在亚洲的韩国、日本、马来西亚、新加坡等国,学习中文的人数与日俱增;在欧洲的德国和俄罗斯等国,中文学校也正在悄然兴起,俄罗斯总统的女儿以中文为其第一外语(然而这些国家绝不会用外语作为大学教育的通用语言,而仅仅是作为外语教育而存在)。自觉地运用规范的祖国语文进行教学和科研工作,是每一个中国教师的天经地义的职责。根据教育部制订的《方案》及其指标体系,运用外文讲授和采用外国教材讲授的课程比例越高,则该高校的教学成果评价越高,由此我们可以想象,假如在一个大学当中,有超过80%的课程用英文讲授,80%以上的课程采用英文教材,那么,这样的课堂还是中国的课堂吗?这样的课堂能够培育出具有爱国情操又具备较高学术能力的人才吗?这使我不禁想起日本在占领台湾时期强行在学校推广日语的历史事实。文明的兴盛有赖于该国语言文字的承载与支撑,当一个国家丧失自己的语言文字的时候,这个国家的文明也就失去了自己的根基,印度就是一个典型的案例。现在,印度确实实现并远远超出了我国教育部在《方案》中所提出的"双语教学"的标准,英文成为印度大学中几乎唯一的通用语言,教授都用英文授课,但是印度文作为一种文明体已经不复存在,但同时印度也并没有因为放弃自己的文字、采用别国的文字而成为世界一流的文明强国和学术大国,印度的命运值得我们深思。总之,我觉得,教育部以我国高等教育最高行政机关的名义,将更多地用外语授课和采用外文教材作为评估各个高校教学质量的手段和指标,我觉得是不妥的,也达不到教育部鼓励高等教育创新、繁荣我国学术事业的目的。

六、结论

高等教育是关系到我国未来经济增长、文明进步、社会发展的重要问题,高等教育必须尊重教育规律,尊重我国的基本国情,并能够适应未来全球化竞争的需要,为中华民族伟大复兴的长远目标而服务。因此,作为高等教育的最高行政管理机关,教育部在制订教育评估方案时必须慎重，不能出现指标体系的自相矛盾，也不能将一些不可定量考察的指标强行数量化；同时，在制订等级标准的时候，应该考虑到不同高等学校的学科特点、历史传统和发展趋势，鼓励各高等学校的创新，而不是企图用统一的指标体系规范各个高等学校的发展。我国高等教育的发展，最终要靠高等学校之间的有序竞争，同时也有赖于教育行政部门适当的科学的引导，这种引导更多的是方向性的，而不是强行推行一套统一的规则。此外，我国高等教育要取得发展，还需要鼓励一批高素质的民办高校的发展壮大，从而形成我国高等教育多元并举、良性竞争、共存共赢的局面。

2005 年 11 月于北京大学

孔子的教育思想与教学艺术（四篇）

之一 诲人不倦

孔子是中国历史上第一个将教学作为终身职志的教师，也是中国历史上最伟大的教师。他活得很长，在当时是寿命最长的学者之一，因而他所教的学生年龄跨度很大，从比他小几岁的颜无繇（颜回之父）、冉耕、仲由（子路），到比他小四五十岁的公西赤、有若、言偃、曾参，可以说，他对他那个时代的几代人都产生了直接的深刻影响。孔子不但极其热心于教学事业，对教师的使命有极其清醒而深刻的认识，而且创造了伟大的教学艺术，产生出系统而深邃的教育思想。孔子对教学艺术的娴熟把握令人惊叹，他的教育思想亦值得珍视并发扬。

孔子教育思想中最具有时代创造精神的当数"有教无类"(15.39)。"有教无类"就是不区分学生是富贵还是贫贱,是贵族还是平民,也不分其国界与华夷,只要有心向学,孔子都去教。"有教无类"是对当时垄断教育的"官学"的一种改造与革新。西周时期的官学以教育贵族子弟为目的,平民百姓很难进入官学读书。孔子开创了"私学",按照自己的政治理想与教育思想进行教学,不能不说是中国教育历史上的一场革命。孔子的学生中,不分贵贱皆可就读于他的门下,孔子曾经开玩笑说:"自行束脩以上,吾未尝无诲焉。"是说学生只要交一点干肉作为学费,我就可以教他。孔子小时候吃过贫贱之苦,他说"吾少也贱",因此颇能体会贫苦子弟不能读书之苦。孔子的子弟多来自贫寒人家,如曾参、子路、子夏、子张、子贡、颜回、闵子骞等。他开创的"有教无类"的平民教育理念,实质上是基于他的人性观,即人人皆可以通过学习而达到圣贤境界,人人皆可以为尧舜;人们的本性相近,禀赋相近,只不过由于后天的教育条件与成长环境不同,才使人们的习性、品质、行为等有了很大变化与差异,所以他说"性相近,习相远",这里面蕴含着一种极为积极的教育观与成才观,即通过教育,启发民智,就可以使人人成为德才兼备的有用之材。

孔子内心充满了对教学的热忱,在《论语》中,他多次向人表达他热心于教书育人的心情。他曾说:"默而识之,学而不厌,诲人不倦,何有于我哉!"(7.2)他也曾说:"若圣与仁,则吾岂敢?抑为之不厌,诲人不倦。"(7.34)他虽然自谦,但是"学而不厌,诲人不倦"却是实实在在的"夫子自道",一个勤于学习、不知疲倦地矢志于教书育人的老师形象跃然纸上。"诲人不倦",意味着孔子不仅把教学当作职业,当作谋稻粱的工具,更把教书当作一种伟大的使命,当作生命中最大的快乐。孟子曾经说:"得天下英才而教育之,一乐也。"把教书当作平生乐事,把与学生交流、教诲年轻人当作最大乐趣,这样的人才堪为良师。当今大学之内,不乏饱学之士,但是那种视教书为乐事、以培育英才为己任的教师,真是少之又少,实在令人遗憾!这也是大学精神萎靡的重要根源之一。

孔子的学生很多,出身不同,年龄不同,识见不同,禀赋不同,因而他在教学生时极注意根据不同学生的不同情况,因材施教,使每个学生都得到最恰当最适合自己的教育。《先进篇》中的一段记载便生动地体现了孔子因材施教的主张,也展现了孔子极其高超的教学艺术。子路问:"闻斯行诸？"子曰："有父兄在，如之何其闻斯行之？"冉有问："闻斯行诸？"子曰："闻斯行之。"公西华曰："由也问闻斯行诸，子曰有父兄在，求也问闻斯行诸，子曰闻斯行之。赤也惑，敢问。"子曰："求也退，故进之，由也兼人，故退之。"你看，对于同一个问题，孔子针对不同性格禀赋的学生，便有不同的答案。冉有这个人性格怯懦，做事缩手缩脚（退），不能勇往直前，孔子便要激励他行动的决心，鼓舞他行动的力量，使他更果敢，更敢于行动，因而孔子说："闻斯行之。"意思是"冉有啊，你若是听到正确的道理，就勇敢地干吧，要勇于实践，不要畏葸不前，不要过于谨慎，更不要惧怕失败挫折。"而对于子路这样的刚猛好勇之人（兼人），孔子则以为应该使其谦退，杀杀他的锐气，使其在果敢之外，更增添一些谨慎与厚重，更能知进退行藏之道，而不是仅仅凭冲动与勇猛来行事，告诫他切忌"暴虎凭河"（赤手就要与猛虎搏斗，一无所凭就要渡河）式的愚勇。

"因材施教"的思想在《论语》中俯拾皆是。有些人在读《论语》时，往往感到很困惑，为什么在解释同一个范畴（如"仁"）时，孔子给不同的学生的回答都不相同？实际上，在孔子心目中，"仁"这样一个哲学范畴具备丰富的内涵，并不具有绝对的意义，他在回答不同的学生时，必须根据当时师生对话时的具体情境，必须针对这个学生的具体情况（性情、本身、缺点）来给予提点，使其于当下一问一答中开悟，对自身的缺陷以及未来努力的方向有所体悟洞察。这种"情境教学法"所追求的并不是揭示客观、绝对的真理，并不是系统的知识创造与知识发现，而是着重于对被提问者当下的情况给予开示，使其得到精神上的解脱与醒悟。孔子与苏格拉底都是施行"情境教学法"的艺术大师，他们的目的在于教化开示学生，而非仅仅以知识为目的；他们的着眼点在于活生生的、具体的、有独特主体特征的人，而不是作为客体的真理。当世之大学教育，重知识之统一灌输，而视学生为千篇一律的、没有个性的、机械的受教育者，遂使教学失去主体性、灵活性、针对性，变得苍白而枯燥。

孔子还特别注重启发式教学。颜渊曾经感叹说："仰之弥高，钻之弥坚。瞻之在前，忽焉在后。夫子循循然诱人。博我以文，约我以礼"（9.11）。孔子循循善诱，注重启发学生内在的认知与智慧，而不是生硬地把自己的见解强加于学生。他说："不愤不启，不悱不发。举一隅而不以三隅反，则不复也。"作为一个教育者，应深刻洞察被教育者当下的状态，如果被教育者内心尚没有达到一种极其渴求突破、极其苦闷难解、极其困惑而求通达的状态的时候，你还不能急于开导他，因为时机还没到。时机未到，而教育者却急于开导被教育者，此时被教育者并不能得到真正深刻的体悟，他的感悟必不深，他的体会也不痛彻、不深切。何时启发，何时来一个棒喝，使学生顿然开悟，如醍醐灌顶般豁然开朗，是需要教育者极其深邃的洞察力的，也需要教育者有相当的耐心，善于把握时机。《论语·先进》中"子路、曾皙、冉有、公西华侍坐"一章，实在是启发式教学之典范，孔子作为老师，与弟子共处一室，可谓春风满座，师生各抒其志，畅所欲言，乐何如哉！而教学活动，就这样于弦歌之间不知不觉地渗透于这种散淡而富于情调的闲谈氛围之中。孔子对于各个弟子，有批评、有赞许，也有明批实赞，他对于每一个弟子的开示也就隐含其中了。当曾皙说"暮春者，春服既成，冠者五六人，童子六七人，浴乎沂，风乎舞雩，咏而归"时，孔子感叹："吾与点也！"这不就是孔子心目中最理想的生活的写照吗？甚至，这段话也是孔子高超教学艺术的活写实。"振衣风乎舞雩台，游心止于大同国。"孔子正是将他的政治理想寄托于他的教学，而他的启发式教学的艺术，正可以激发弟子内心无穷的潜力，激发他们内心的自由、创造力与道德自觉。与苏格拉底一样，孔子最擅长发问，他常常针对不同的学生发问，有时是正问，有时是反问，于相互问难当中启迪学生内心的智慧，他不直接告诉学生一个标准的客观答案，甚至孔子常常不作答，回避回答，而让学生在潜移默化中自悟。犹如禅宗中"以手指月"，孔子在教学中亦重启迪，重无形的开示，重被教育者自身潜能的开启，而轻于灌输。他鼓励学生提问，常以"大哉问""善哉问"来肯定学生的提问，显示出他循循然而善诱人的教学风格。孔子鼓励学生独立思考，"学而不思则罔，思而不学则殆"，把学与思考密切结合，他也鼓励学生将知与行结合起来，学习之后要勤于实践。

孔子在从师问题上，主张"学无常师"。《论语·子张》中说："卫公孙朝问于子贡曰：'仲尼焉学？'子贡曰：'文武之道，未坠于地，在人。贤者识其大者，不贤者识其小者，莫不有文武之道焉，夫子焉不学，而亦何常师之有？'"（19.22）。孔子确实是"学无常师"，他向很多人学习不同的知识，善于融会贯通，形成自己的思想。杜甫说"不薄今人爱古人，转益多师是汝师"，也是这个意思。孔子在对待"师"的问题上强调被教育者要有主体意识，不能迷信老师，他曾说"当仁不让于师"（15.36）。韩愈在《师说》中也说："弟子不必不如师，师不必贤于弟子。"只要一个人在某个方面胜过自己，就可以拜他为师。韩愈说："圣人无常师，孔子师郯子、苌弘、师襄、老聃。郯子之徒，其贤不及孔子。孔子曰：三人行，则必有我师。"这就是孔子胸怀博大、谦虚好学而不厌的风范。

之二　升堂入室

在中国儒家的文化传统中，"师"的地位很显要，供奉及祭拜，总要"天地君亲师"依次而拜。古人说："学高为师，身正为范。"讲的是好老师的标准，前者是学问，后者是德操，二者皆可为后生效仿，方可为师。有些人学问好，但德行不堪，便不得为师，因此在"学"与"德"两者之间，德是本，学是末。本末兼备，才可算是真正的师。中国古代又有"经师"与"人师"的说法，认为"经师易遇，人师难遭"，"人师"比"经师"是更高层次的要求。汉灵帝时，太原名士郭泰在太学任教，德学并臻，名动京师，深得太学生们爱戴，时洛阳神童魏昭十一岁入太学，在拜访郭泰时说："尝闻'经师易遇，人师难遭'，愿在左右，供给洒扫"（载《后汉纪·灵帝纪》）。司马光在《资治通鉴》中记此事，胡三省注曰："经师，谓专门名家，教授有师法者；人师，谓谨身修行，足以范俗者。""经师"须博学，以授业解惑；而"人师"须终身为道德守卫者，以传道为己任，代表着教师的更高境界。

孔子诚然是古今"人师"第一，他不但开创了中国私学的先河，而且因为极高的教学艺术与师德风范而成为人师典则。《论语》中所显示的孔子与其弟子的互动答问，情意深切，水乳交融，师生心灵相通而无间，师生之间的沟通如此灵动，如此亲切，而又如此富于哲理，如此引人入胜！千载而下，亦令读者感动！

孔子之弟子，多为贫寒平民出身，即孔子所谓"先进于礼乐"的"野人"（11.1），但是孔子以"君子"之德要求他们，相信这些贫寒子弟终将成人，并担当大任。孔子教人，重在因材设教，视其禀赋资质而"循循然善诱人"（9.11）；同时亦注重"情景式教学"，在不同情境下给予弟子不同开示，往往使弟子于当下有所开悟。孔子与弟子的相互问难，多含机锋，如同禅宗中的"话头"成"公案"，唯细细参之，方可得其三昧，学者不应只停留于表面功夫，而应细究其本，方能深体圣道，探得骊珠而返。

孔子因材设教，其法因人而变。其一曰熏染会意法。

颜回是孔子最钟爱的学生,不但聪颖过人、才华超群(子贡说:"回也闻一以知十,赐也闻一以知二"(5.9)),而且朴厚深邃,德行超迈,在才与德两方面都足为师表。颜回持守仁德而不懈,磨砺身心而不殆,孔子表扬他"三月不违仁"(6.7),且安贫乐道,箪食瓢饮而不改其乐(6.11)。他在道德追求上精进不止,力行不殆,孔子说他"吾见其进也,未见其止也"(9.21)"语之而不惰"(9.20)。颜渊是孔子心目中唯一好学之人,孔子曾对哀公说:"有颜回者好学,不迁怒,不贰过,不幸短命死矣。今也则亡,未闻好学者也"(6.3),他对季康子也发出几乎同样的感叹(11.7)。孔子曾经感叹:"回也非助我者也。"即是说"颜回不是对我有所助益的人"。为什么呢?因为若师生相互问难,则达教学相长之效,弟子愈是问难于师,老师愈能发挥其道,故其道愈显精深明澈。可是颜回却不曾问难于孔子,他在听孔子讲道时,总是"于吾言无所不说"(11.4),对老师的言论始终心感欣悦,深思而细体,悦纳而力行。孔子前一句话似是反话,明贬实褒,实为赞叹颜回能深悟师道,明达圣理,而不逞口才之辩。颜回表面上木讷持重,然而内心却敏而好学,孔子曰:"吾与回言终日,不违,如愚,退而省其私,亦足以发,回也不愚"(2.9)。对于颜回这样的禀赋过人、天生颖悟的学生,实际上教学方法变得极为单纯,师者以身教,弟子以神会,师生之间融洽无间,相得益彰,师生名为两人,实则一体,一言一行,皆心领神会。孔子与颜回的关系,实在如同"佛祖拈花、迦叶微笑"一般,此等意境,乃师生之最高境界,也是最上乘之教学艺术!老师对于此等学生,不需耳提面命、谆谆教诲,更不必施以呵斥责罚,学生自然"闻一知十""欲罢不能"(9.11),其德学自然精进无疆。颜回死,孔子大恸,对天长呼"天丧予!天丧予!"(11.9)。别人说:"老师,您哀恸太过了!"孔子却反问:"有恸乎!非夫人之为恸而谁为?"可见哀恸之深,情意之切!但即使为此,孔子还是不同意颜回父亲提出的卖车置椁的请求(11.8),并反对弟子们厚葬颜回(11.11),他从礼的高度出发,把理与情分得很清楚。

其二法曰"棒喝警醒法"。此法用于子路(仲由)最多。子路其人,尚刚好勇,坦直猛烈,性情急躁,但又诚挚率真得可爱。对于子路,孔子或先扬后抑,或直接施以棒喝,目的乃在于去其刚烈猛勇之气,纠其朴野急躁之性,努力使之沉静圆润,行止有度,文质相兼。子路在《论语》中是出现次数最多的。孔子很少正面肯定子路,《雍也篇》中,孔子说:"由也果"(6.8),《先进篇》说:"所谓大臣者,以道事君，不可则止。今由与求也，可谓具臣矣。"（11.24）孔子认为子路有治国之才具，"由也，千乘之国，可使治其赋也"（5.8），同时孔子认为子路行事光明磊落，一诺千金，"无宿诺"（12.12）。

实际上，子路直率坦诚，刚勇有为，这是优点，属于孔子所说的勇于进取、敢于行动的"狂者"。对于他性格中的这一面，孔子是赞许的，所以《先进篇》中载："闵子侍侧，訚訚如也；子路，行行如也；冉有、子贡，侃侃如也。子乐。""子乐"两个字何其传神！孟子说："得天下英才而教育之，一乐也"，孔子正是乐在其中，他看到弟子们性情各异，而都如此英姿勃发，一片向上之气象，心中欢喜不置，衷心慰藉。可是接着又冒出一句话："若由也，不得其死然"（11.13）。在乐的同时，孔子却暗自长叹一声，认为子路以其性格刚猛好勇之缺陷，会不得其死，后来果被孔子言中。孔子对于子路之教导，常采取先扬后抑之法，《公冶长第五》中，孔子说："道不行，乘桴浮于海。从我者，其由与？"子路闻之喜。孔子话锋一转，说："由也好勇过我，无所取材。"（5.7）说他逞强斗勇，缺陷很大，使子路极感沮丧，进而深悔喜之过早。又有一次，孔子表扬子路："衣敝缊袍，与衣狐貉者立，而不耻者，其由也与？'不忮不求，何用不臧？'"子路听到这番表扬，很是受用，"终身诵之"。可是孔子话锋一转，又说："是道也，何足以臧？"（9.27）指出这种道德境界，并不是最高境界，仅仅做到"不忮不求"，还不能算仁德之至境，若达到颜渊箪食瓢饮不改其乐方为至境。孔子多次棒喝子路"野哉由也！"（13.3），以警示子路去其朴野恃勇之气。《先进篇》中孔子说："由之瑟，奚为于丘之门？"（11.15），估计子路鼓瑟，不见琴瑟之和谐雅润，而尽露刚暴粗野急蛮之气息，孔子由瑟音而断其人，有警醒开示之意。孔子感叹说："由也升堂矣，未入于室也。"（11.15）与颜回相比，子路的人格境界还修炼不够。所以孔子教子路要认识何为真正的"勇"，真正的勇要合乎仁义要求，要适度合宜，而不可逞强好勇，恃勇而乱为。《阳货第十七》中，孔子教子路"六言六蔽"："好仁不好学，其蔽也愚；好知不好学，其蔽也荡；好信不好学，其蔽也贼；好直不好学，其蔽也绞；好勇不好学，其蔽也乱；好刚不好学，其蔽也狂。"（17.8）听得出来，后面三句话，是直接讲给子路听的，要他不要过于"直""勇""刚"，因为过直则绞，过勇则乱，过刚则狂，皆于修身有碍。有一次子路故意问孔子："君子尚勇乎？"他本来期望听到孔子肯定的答复，结果老师却说："君子义以为上。君子有勇而无义为乱，小人有勇而无义为盗"（17.23），直指其弊，陈说利害，希望子路能以之为鉴。有一次孔子当面赞美颜回："用之则行，舍之则藏，唯我与尔有是夫！"子路听了可能极不服气，于是问孔子："子行三军，则谁与？"子路自认刚勇，他故意设此问，要将老师一军，"您老要统率三军，要任用谁呢？"子路当然认为，要统率三军，不能用颜回这样的木讷儒雅书生，而必用他子路这样的勇者，但老师的棒喝令人深思："暴虎冯河，死而无悔者，吾不与也，必也临事而惧，好谋而成者也"（7.11）。可见孔子教诲弟子之良苦用心。孔子的棒喝警醒法也曾用于宰予，他因宰予昼寝而大骂"朽木不可雕也，粪土之墙不可杇也。"（5.10）孔子也曾因冉求助季氏聚敛而发下狠话："非吾徒也，小子鸣鼓而攻之可也。"（11.17）

　　师不知棒喝，不可为良师。禅家常用棒喝，为的是斩断痴根，去除魔障，一念顿悟，遽归法藏。孔子用棒喝警醒之法，亦是如此，贵在良心用苦，内蕴菩萨心肠，却外显霹雳手段，直截打破颠倒妄想，警醒傲妄迷狂，而使人窥得圣学本意。经师碍于文字，而人师直指本心。

之三　春风侍坐

孔子为我们树立了最好的师德风范。作为老师,他胸怀磊落,与学生坦诚相见,从不隐瞒自己的观点。《论语》中的记载是非常真实的,孔子不是一个呆板的故作威严的师者形象,而是嬉笑怒骂,极具性情,他时而发誓赌咒,时而痛斥狠批,无不体现出他与学生的亲密无间的关系。在西方,也唯有苏格拉底可以与孔子的教学艺术相媲美。孔子对学生敞开心扉,他既在学生面前表达他的沉思与深悟,也同时表现他的愤怒、困惑乃至内心的软弱与无奈。《述而第七》中说:"二三子以我为隐乎?吾无隐乎尔。吾无行而不与二三子者,是丘也。"(7.24)在学生面前,孔子就是这样一个没有矫饰、没有伪装、坦坦荡荡、清澈透明的人,他以这样真诚无伪的姿态面对他的学生,给学生以人格上无形的感染与熏陶。对比孔子,现代教育体系下最大的弊端乃是隔绝了师生之间真正亲密无间的沟通,使得师生之间缺乏真正的情感碰撞与精神层面的融汇。

前已谈及孔子教学的"熏染会意法"与"棒喝警醒法"。孔子在教导学生时亦善用"诱导鼓舞法"。他的教学法极其富有艺术性,方式极其灵活。他善于发掘学生内心的悟性,也善于促使学生的自我反省。他对学生的启发开示时而含蓄,时而直截了当,总是恰到好处,令学生醍醐灌顶般开悟。他对学生的表扬与肯定使学生如沐春风,充满向上的精神鼓舞力量。《学而第一》载:"子贡曰:'贫而无谄,富而无骄,何如?'子曰:'可也,未若贫而乐,富而好礼者也。'"子贡曰:"《诗》云:'如切如磋,如琢如磨',其斯之谓与?"子曰:"赐也,始可与言《诗》已矣,告诸往而知来者"(1.15)。这段子贡与孔子的对话极精彩,孔子对子贡的话先是加以充分肯定,然而又指出其境界与修养的不足,指出其人格发展应该遵循的至理大道,使学生心服口服。子贡的颖悟在此也表达得淋漓尽致,他从孔子的开示中感悟到自身人格境界的局限,遂以《诗经》中的语句"如切如磋,如琢如磨"来表示他希望坚持不懈磨砺德学、精进不已的内心愿望。而老师的大声赞叹亦极为难得。孔子热切地赞扬子贡的悟性,认为他"告诸往而知来者",这对子贡而言必定是巨大的内心感召与鼓舞。作为读者,两千年后我们读至此处亦感觉备受感动,感受到一种师者的呵护、激励与父辈的关怀之意,殷殷之情,令人动容。

又有一次,孔子与子夏就《诗经》中的诗句进行了有趣的讨论。子夏问曰:"'巧笑倩兮,美目盼兮,素以为绚兮',何谓也?"子曰:"绘事后素。"曰:"礼后乎?"子曰:"起予者商也!始可与言《诗》已矣。"(3.8)这段对话像不像禅宗中充满机锋的师生对话?令人拍案叫绝。孔子讲"绘事后素"是直解《诗经》中诗句,暗含深意。而子夏天资颖悟,"礼后乎"三个字点出老师暗藏的深刻寓意,意谓礼乐如同绘事,必先有素洁之质而后才能修饰以礼乐。子夏这句话,完全透彻地悟到孔子思想的妙处,我们可以想象出当时孔子内心是何等欣慰,何等惊喜。他也许哈哈大笑,也许拍着子夏的肩膀,说:"启发我的人原来是子夏啊,我们可以一起谈《诗》论道了。""起予者商也",作为老师,孔子说这句话是很重的,他认为是子夏启迪了他,而不是他启发了子夏。但就是从孔子这句话中,我们可以体会孔子的真性情,体会师生之间亲密无间的从游关系,体会中国古代教育中教学相长、师生相互激发的妙处。

孔子的"诱导鼓舞法"并不仅仅用一种模式,他有时用"反激法",意在提升学生,使学生知其不足;有时用"提点法",使学生知境界之高低与修养之次第;有时用"追问法",逐步深化主题,引导学生渐行渐远,渐思渐深。如《公冶长第五》中载:子贡曰:"我不欲人之加诸我也,吾亦欲无加诸人。"子曰:"赐也,非尔所及也"(5.12)。孔子的回答,语气很冷淡,结论非常令人沮丧。孔子明确地告诉子贡,这样的境界,不是你能够达到的。我们可以想象子贡听到这句评语时的沮丧失意表情。子贡这句话,实际上讲的是孔子思想的核心"恕道",即"己所不欲,勿施于人"的境界。"恕道"看似平实,实则高深;看似易行,实则极难施行,一般人很难达到这个境界。孔子下此断语,意不在打击子贡之信心,而是要使子贡知所不足,有所内省,深刻反思自己的德行,践履忠恕之道。这就是"反激法"。

孔子也善用"提点法"。《颜渊篇第十二》载:子张问:"士何如斯可谓之达矣?"子曰:"何哉,尔所谓达者?"子张对曰:"在邦必闻,在家必闻。"子曰:"是闻也,非达也。夫达也者,质直而好义,察言而观色,虑以下人。在邦必达,在家必达。夫闻也者,色取仁而行违,居之不疑。在邦必闻,在家必闻。"(12.20)这段话也很精彩。子张问"士"如何才能做到"达",孔子并未直接回答而是反问子张之意。子张的答问,显然极其肤浅而幼稚。孔子接过话来,当下判下否决之语,而后将"达者"与"闻者"之区分剖析清楚,三言两语,切中要害,想必令子张醍醐灌顶,自知学问修养之固陋浅薄。子张心目中的"达者"乃是虚伪矫饰之乡愿之人,唯博取虚名而不务其仁德之实。而孔子之所谓"达者"乃是质真好义、忠信谦卑的真正的君子。孔子的答语,精警清晰,使听者当下大悟。

孔子在课堂中,还常用"追问法",这种方法于学问之研讨极其有用,然而却取决于有没有好的"问者",即孔子所谓"助我者"。《子路第十三》中载:"子适卫,冉有仆。子曰:'庶矣哉!'冉有曰:'既庶矣,又何加焉?'曰:'富之。'曰:'既富矣,又何加焉?'曰:'教之。'"(13.9)冉有之追问,迫使孔子逐渐深化其思考,最终形成精彩的治国思想,即"庶之""富之""教之"相结合的治国方略。

孔子还常用"群体问难法",相当于我们现代大学中的"讨论课"(seminar)。《子路曾皙冉有公西华侍坐》一章师生言志、答问切磋、文采斐然,读来令人兴味盎然,"虽不能至,心向往之",对那种春风侍坐的景象心仪不已。此章历来被读者激赏,其中所展现的孔子高超的教学艺术,儒家的政治理想,以及孔门师生的为人风范,均令人回味与深思。此章开篇乃是孔子作为忠厚长者与师者对弟子的鼓励之语,语气温厚而谦和,启引后学,激励其勇气与自信。"以吾一日长乎尔,毋吾以也",鼓励大家不要拘谨,不要在师长面前不敢发表自己的观点,而要敞开心扉,畅所欲言,直抒怀抱。子路很直,他"率尔而对","率尔"这两个字用得极其传神,把子路刚直之性格,好勇之气质,做事不假思索、直截了当之行为风范表现得淋漓尽致。子路的理想,是拯救一个被兵祸饥馑、内忧外患困扰的国家,实现他的政治抱负,"比及三年,可使有勇,且知方也",国民有勇武之气,并且胸怀道义,这个理想不可谓不大。而孔子却"哂之","哂之"不是轻蔑侮慢,而是轻轻一笑,不以为然之意。孔子在后面给曾晳作的点评中说:"为国以礼,其言不让,是故哂之",孔子所"不以为然"的,并非是子路的政治理想,而是子路发言的态度,刚勇轻率,锋芒毕露,毫无谦退礼让之心,而有骄狂自大之态,这不是君子该有的风范,以这样的心态治国,必荒率行事,仓促施政,行动鲁莽而不谨慎,易误事殃国,且遭杀身之祸。冉有性格温和,偏于怯懦,发言语气就圆缓很多,他的愿望是在一个小国实施他的政治抱负,"比及三年,可使足民",使人民富足安康,比子路的理想更务实,更接地气。冉有说完,孔子未置可否,但在后面的点评中,孔子是赞许冉有的治国方略的。"安见方六七十如五六十而非邦也者?"孔子这一反问,乃是肯定冉有的治国安邦之才能,含有鼓舞之意,也就是 11.22 中所言"闻斯行之"之意思。而后孔子又问公西华之志。公西华谦退有礼,态度从容:"非曰能之,愿学焉。

宗庙之事,如会同,端章甫,愿为小相焉。"公西华的理想,表面上看起来似乎低调而不事张扬,但是诸侯会盟,宗庙祭祀,都是国之大事,外交与礼乐,哪里是小相所为之事?在后面的点评中,孔子亦深许其治国之才,并嘉奖其谦让之志,"宗庙会同,非诸侯而何?赤也为之小,孰能为之大?"孔子意谓公西华胸怀极大,抱负极远,而反以谦退之言出之,乃可造之才。等到问到曾皙的时候,曾皙"鼓瑟希,铿尔,舍瑟而作",可见其他同学跟老师探讨问题的时候,曾皙并没有洗耳恭听,而是一直在抚弄瑟,等到老师问及,才放下瑟对答。在孔子的一再鼓励之下,曾皙才说出他的理想,而这个理想的描述,并不是用平实的"有勇""足民""宗庙"等言论,而是用极其富于诗意的文学语言,令人绝倒:"莫春者,春服既成,冠者五六人,童子六七人,浴乎沂,风乎舞雩,咏而归。"曾皙的话,非写实也,而是写意笔法,为我们描绘了一个极具诗意、极有浪漫情调、极富感召力与感染效果的画面。暮春三月、天气晴和、杨柳扶疏,一干少年身着春服,在春水中净身沐浴,在舞雩台上迎着春风披襟放怀,而后一路歌咏而归。曾皙虽对治国之具体方略不着一字,但是他所描绘的图景,正是儒者心目中理想的羲皇盛世的景象。人们安乐祥和,无所挂虑,国家礼乐有序,和谐安定,治邦到此境界,虽尧舜之世亦不过如此!此章中曾晳气象超迈,格局开阔,不染俗尘,卓然不群,然而又和悦自然,不奇纵怪诞,故深得孔子之嘉许。曾晳说完,"夫子喟然叹曰:'吾与点也'"。孔子深深感喟,衷心赞赏,所嘉许者不唯曾晳所描绘的大同之世的社会理想图景,而且感喟其气象与格局之超迈广大。王阳明亦有诗赞曰:"铿然舍瑟春风里,点也虽狂得我情。"四人言志,孔子独立对曾晳大加赞叹,而此章又未闻孔子喟叹之原由,颇使人有"意犹未尽,余音绕梁"之感,此篇似乎未完,师生言志,想必对话极其丰富,但是记录者戛然而止,独对曾晳不加半句点评,颇有禅味。此段历代论家颇有争议,朱熹曾评曰:"曾点之学,盖有以见夫人欲尽处,天理流行,随处充满,无少大阙。故其动静之际,从容如此,而其言志,则又不过即其所居之位,乐其日用之常,初无舍己为人之意。而其胸次悠然,直与天地万物上下同流,各得其所之妙,隐然自见于言外。"朱熹此段评点,虽有人说他颇受道家影响,他自己晚年也有悔悟,但我认为仍有其道理。孔子深许曾晳,与其说是肯定其政治理想,不如说是欣赏其气象格局。敦化兴国、盛世和美之景象固可欣慰,然而曾晳身上所洋溢的天地浩然气象,那种超拔尘俗、极具超越感,充满自有意志与出世情怀的精神状态,正是"点也虽狂得我情"的深刻原因所在,更令后世向往不已。

之四 不言之教

孔子的教学法,非常灵活,所谓圣人设教,不拘一格也。因时而异,因人而宜,因情境而变。孔子之师道,重在感化,语默动静,皆含化机,并不固守定则。

《论语·阳货》记载孔子与子贡的一段话,极有意趣。子曰:"予欲无言。"子贡曰:"子如不言,则小子何述焉?"子曰:"天何言哉?四时行焉,百物生焉。天何言哉?"(17.19)

孔子发出的"予欲无言"的感慨,乃因观天道而得之。天道以无为而有为,看似无为,实则隐含有为;看似无言,实则言即在四时万物之轮替运行中。《老子》第二章中说:"圣人处无为之事,行不言之教。"第四十三章亦云:"不言之教,无为之益,天下希及之。"圣人法天,自然无为,虚淡静笃,以无为之境达有为之效;圣人以不教为教,以无言胜有言,以静默涵蓄达到潜移默化之功。孔子观水则兴"逝者如斯"之叹,观天则生"予欲无言"之悟,实处处时时而设教也。《礼记·哀公问》曰:"敢问君子何贵乎天道也?"孔子对曰:"贵其不已。如日月东西相从而不已也,是天道也;不闭其久,是天道也;无为而物成,是天道也;已成而明,是天道也。"天道恒常,绵绵不已,持恒往复而不绝,静默无为而成万物。圣人教化众人,亦当如此,春风化雨,润物无声,融教诲于无形,久久为功,不求速成。

孔子的"无言之教",乃是圣人法天而设教也。佛祖拈花,迦叶微笑,重在意会,不假言传。弟子于无声处得感悟,于天地万物中寻玄机,此时言语即成多余,师生自可冥通。因此孔子此处拈出"予欲无言"之教法,不仅是孔子对天地万物之形而上的感悟,更是对教化众人之法的一种暗示。四时自行,不可遏止;万物自生,不可违拗,各尽其天然,天无主宰于四时百物,而为师者如何主宰弟子之行止邪!孔子由天道而悟"予欲无言",正是暗示弟子各随天分而修业,各依自力而进德,不拘泥于常师,不局限于定法,久之自然天成。《荀子·天论》曰:"万物各得其和以生,各得其养以成,不见其事而见其功,夫是之谓神。皆知其所以成,莫知其无形,夫是之谓天。"若子弟各尽其天赋,各施其天才,则自然各自成就其独特之生命,此"予欲无言"之深意也。

孔子"予欲无言"亦是一种极为特别而高明的教学法。

《论语·阳货》载:孺悲欲见孔子,孔子辞以疾。将命者出户,取瑟而歌,使之闻之。(17.20)这一段极为妙绝,堪与禅宗之机锋相比。孔子于孺悲,无可教也,故避而不见,无一言一行以教之;然而"取瑟而歌",故意使孺悲闻之,亦是不弃之而教也。此时之教,虽无言语,然远胜言语之教诲。孔子何故不见孺悲?我猜想,孺悲必有德行方面的瑕疵,为孔子所不认同,以至于孔子鄙夷厌恶之,而托病不见。然而孔子作为一个伟大的老师,"有教无类",对于孺悲并不是取遗弃之态度,而是以"取瑟而教"为暗示,使孺悲生羞愧忏悔之心,立反省改过之志,从而自新自强,使生命境界得以提升。孔子既维护了孺悲之自尊,同时又委婉暗示其人格之不足,在无言之教诲中,促其自省自励,"知耻近勇",发愤改过。这是孔子"不言之教"之最生动实践。《孟子·告子下》曰:"教亦多术矣。予不屑之教诲也者,是亦教诲之而已矣。"师者"不屑之教",更留给子弟退省之空间,使之自悟也。为师者不仅要学会有言之教,同时也要学会"无言之教",使弟子自心光明,当下省悟发愤,此乃"无为而物成"也。

"无言之教"当然是极高的教育艺术,然而为师者自不能不有言,无言不足以激励引导,无言不足以告诫惩治。

在孔子看来,一种言是"法语之言",一种言是"巽语之言"。"法语之言"是正言厉色,肃静庄严,甚至金刚怒目,棒喝叱骂;"巽语之言"是和风细雨,润物滋心,循循善诱,因势利导;"法语之言"乃正道告之,"巽语之言"乃婉言导之;"法语之言"令人警醒振作、敬畏服从,而"巽语之言"令人愉悦接纳、柔顺归从。《论语·子罕》说:"法语之言,能无从乎?改之为贵。巽与之言,能无说乎?绎之为贵。说而不绎,从而不改,吾末如之何也已矣。"(9.24)师者贵能刚柔相兼,宽严相济,乃能造成人材。因此,宰予昼寝,孔子说:"朽木不可雕也,粪土之墙不可杇也,于予与何诛?"对于宰予进行强烈的批评。冉有聚敛,孔子号召门徒们"鸣鼓而攻之",这些都看出孔子教人有刚严的一面,有原则性极强的一面。他既给学生指出生命应该努力的方向,同时对那些他所憎恶的东西也直言不讳,善恶分明,从不混淆是非,从不做好好先生。孔子批评时风毫不留情面,如"饱食终日,无所用心,难矣哉!"(17.22),又如"群居终日,言不及义,好行小慧,难矣哉!"(15.17)。他也多次与学生坦率谈及自己所憎恶的东西,如"恶紫之夺朱也,恶郑声之乱雅乐也,恶利口之覆邦家者"(17.18)。他对当时世风日下、秩序紊乱、道德沦丧,表达了深深的憎恶之情。

有一次子贡问孔子:"老师,君子也会有憎恶的人吗?"孔子回答说:"当然有。我讨厌那些说别人坏话的小人,讨厌以下谤上之徒,讨厌那些恃勇无礼、执拗不化的人。"孔子又反问:"赐,你也有厌恶之人吗?"子贡说:"我讨厌那些袭取人言而自以为聪明之人,讨厌那些出言不逊却自以为勇敢的人,讨厌那些搬弄是非却自以为坦诚的人。"师生二人将所憎恶之品行进行了列举,抨击时弊,揭露人性之恶,此亦"法语之言"也,使学者得以警戒自省,去恶从善。"法语之言"虽疾言厉色,然其惩劝之力,亦足以警醒后学,故为师者,于棒喝之法,不可不学也。

2015 年 6 月 29 日